Author 寺王
Illustration 由夜
ブラックな騎士団の奴隷が
The Slave of the "Black Knights" is
ホワイトな冒険者ギルドに
Recruited by the "White Adventurer's Guild" as a S Rank Adventurer
引き抜かれてSランクになりました
5

The Slave of the "Black Knights" is
Recruited by the "White Adventurer's Guild"
as a S Rank Adventurer

CONTENTS

5

「さて、始めよう」
オイトマが構える。

重たい一撃が振るわれる。
オイトマ
獣人族で最も強い者が得る称号“最高戦士”の保持者。国王として獣人族領を統治している。
ツウ
獅子族の青
士”直属の
のひとり。あ
の“最高戦士
クエナ
炎の剣技を操るAランク冒険者。思わぬかたちでジードとキスしてしまい関係がぎくしゃくしている。
ジード
クゼーラ王国騎士団から引き抜かれたSランク冒険者。女神の神託で【勇者】に選ばれるも辞退した。
ロニィ
白狼族の少女。“最高戦士”オイトマの娘でSランク冒険者。目標は“最高戦士”の父を越えること。

ブラックな騎士団の奴隷がホワイトな冒険者ギルドに引き抜かれてSランクになりました 5

寺王

OVERLAP

イラスト／由夜

第八章

白き獣が統べる地で

The Slave of the "Black Knights" is
Recruited by the "White Adventurer's Guild"
as a S Rank Adventurer

5

第一話　聖剣を求めて

意識が覚醒する。

起きたのだと認識するのに時間はかからなかった。

温かく柔らかい感触が、俺の頭部を定期的に揺らす。小さな寝息が耳元を心地好くくすぐる。

ここは天国だろうか。

横を見る。

俺の頭を抱きながら、シーラが眠っていた。

（……これは）

俺の頭部に鼓動を直《じか》に伝えているのは、ふくよかな乳房だった。

やはり天国だったか。

最強の居心地を覚えながら、俺は再び目を閉じて感触を堪能しようとして——「ぐふぉっ!?」

腹部に強烈な一撃をもらって、シーラから強制的に離される。

ここは地獄かな。

「おはよう」

真っ赤なオーラを纏《まと》い、目を細めながらこちらを蔑視する美女、クエナ。まるで鬼を彷《ほう》彿《ふつ》とさせる。

どうしようもなく地獄だったようだ。

痛みに悶《もだ》えそうだが、なんとか上体を起こす。

「おまえ……結構本気で蹴ったろ」

「結構じゃないわよ。ガチのマジで本気で蹴ったわ」

悪びれる様子は一切ない。

自分の怒りが正当であると確信しているような態度だ。

「ふぁ……なによぉ。どうしたの？」

シーラが騒ぎに起こされる。

大きく伸びをして、先ほどまで俺を包み込んでいた大きな二つの果実が存在感を示すように揺れ動いた。

そんなシーラの暢気《のんき》な姿を見て、クエナが眉をピクリと動かす。

「あんた達《たち》、聖剣の在《あ》り処《か》すら摑《つか》めてないのに何やってんのよ！」

そう、聖剣だ。

シーラに預けていた伝説の剣で、今は手元にはない。なくしてしまったのだ。

クエナの怒りはごもっともなものだった。

「えー、休息は大事でしょ？」

「ええ、とても大事ね。それには賛同するわ。この三日間ほとんど寝てなければね!?」

ごもっともな怒りが飛来する。さすがのシーラもこれにはちんまり。

「まあ落ち着けって。俺がどうしてクエナの家に寝泊まりさせてもらってるのか忘れたか？」

「そりゃ、宿のおばちゃんに迷惑をかけないためでしょ」

「え、違うわよ。私と一晩の過ちを犯してしまうためよ？」

「はぁ!?　私がいない間なにしてたのよ！」

シーラの悪ふざけにクエナが顔を完熟したリンゴ色に染め上げる。

安心していい。ここにいる全員がおまえのように恋愛初心者なままだ。勝手に寝転がっていたのに、起きたらシーラがいただけなのだから。

まぁ、面白いから黙っていよう。

「そんなことよりも、だ」

「はぁ!?　そんなことって！　私はこの家の家主で――――！」

クエナが当然の権利を主張しようとする。

彼女と話したら論駁《ろんばく》されるのは当たり前なので、なんとか遮って話を元に戻そう。

「俺が普段寝泊まりしている宿から出たのは、クエナの言うとおり迷惑をかけないためだ。ここは一等地で騎士団の巡回もある。それにAランクが二人、Sランクが一人いる家に乗り込もうとするやつもいないしな」

「……むぅ。ま、そうね」

「聖剣をなくした当日、俺たちは捜し回ったよな。それこそ王都だけじゃない。近隣の森まで」

「まぁね」

「でも見つからなかった。見落としがないとは言えないが、あれはそこそこ目立つ。なのになかったんだ」

「だから早くもっと外側まで手を回さないと」

ようやく話が回帰する。

しかしながら、と俺は付け加えた。

「俺が外に出るのはあまり良くない。正直、勇者を断ってから異常ばかりだ。聖剣を捜しているのがバレたら邪魔されるかもしれないし、それに——」

冒険者カードを取り出して、依頼の欄を開いて彼女たちに見せる。

そこには『指名依頼』『キャンセル』の文字がいくつも並んでいたのだ。

「なにこれ……イタズラ?」

シーラが嫌悪感を顔に出しながら、確信をもって問うてくる。

「ああ、何度受けてもキャンセルされる」

クエナが腕を組んで鼻で笑う。

「バカね。Sランクへの指名依頼は手数料だけでもお金が相当かかるのに。キャンセル料金も含めたら冗談じゃ済まないわよ」

たしかにその通りだ。

おそらく今までの「イタズラ」にかかった費用だけでも家は建つだろう。

依頼人は複数いるだろうが、バカにならない金額が動いている。

「それでも何度も何度もやってくる奴《やつ》らが何人も……いや、下手したら何十人もいる」

「さすがにギルドに報告したら？」

シーラの心配そうな声が優しく響く。

たしかにそれは俺も考えた。というか、ギルドに報告すれば何らかの対処をしてくれるはずだ。

しかし。

「まあ、キャンセル料の何割は俺が貰《もら》えるからさ」

「ちゃっかりしてるわねぇ……」

なんだかんだ、お金は結構大事だ。

森にいた頃は想像もできなかったが、これは人との信用に大きく関わってくる物なのだから。

なんて考えながらも、別の理由はちゃんとあるのだが。

「――なんじゃ、『本当に依頼したい人がいるかもしれないから指名依頼の受付を閉じたくない』という本音は話さんのか？」

神出鬼没。そんな言葉が頭を巡る。俺の背後に突如としてリフが現れ、肩に手を置いて身を委ねる姿勢を取ってきた。

「「……し、心臓が飛び出るかと思った」」

クエナとシーラが左胸を抑えながらリフを見やる。

転移の魔法を使用できる者は極めて稀《まれ》であるため、Ａランクの彼女達でさえ、いきなり目の前でやられたらビックリするのだろう。

「ふっふ、気絶したら面白かったのじゃがのお」

無邪気な子供のような笑みで、悪魔じみたことを平然と言う。

とはいえ、彼女が本気で脅かそうと思えば更なる手段も講じることができるだろう。これはあくまでもなれ合いの範疇《はんちゅう》だと分かる。

クエナはそう思っていないようだが。

ゴツンっと痛々しい音が鳴る。

「ふぎゃっ！　いきなり殴るなんてヒドいのじゃ！　そこまで驚かしたつもりはないのじゃがの！」

「これは不法侵入の分よ。あと土足」

「あ。これはすみませんと言っておくかの」

子供用の靴を脱ぎながら、てへぺろと笑うリフ。これが本当にギルドマスターであるとは思えないな。

「それで。あんたがなんの用よ？　色々と忙しいでしょ、今のところ。ギルドから勇者パーティーを二人も出すなんて」

「二人？　ああ、俺とスフィか」

「いいえ、ジードは除いてるわよ。一人目は聖女としてスフィ。そして二人目は剣聖として最強と名高いSランクのロイター。別名は【星落とし】なんて呼ばれてるわね」

「おお、その二人か。なるほどな」

スフィは当然のことだとして、ロイターの方も名前くらいは何度も聞いている。

「もしもジードが断らなければギルドから三人も輩出して大変なことになってたわよ。今でさえお祭り騒ぎだけど」

「わらわの目は確かじゃからの」

「国からしたら警戒対象でしょうけどね」

「労働者と社会の扶助組織なんだがのぅ。少なくとも表向きは」

「表向きはって……」

リフの失言にクエナが若干引いている。

「話を戻すがの。ここに来た用事は三つある！」

ばばーん！

どこから出したのか効果音を背景にリフが三本の指を立てた。まずは人差し指をおろす。

「一つ目。ジードよ、改めて聞くが指名依頼の受付を閉じるつもりはないか？」

「ない。嫌がらせがあるにしても一日に数件から十数件程度だからな。慣れれば静かなもんだよ」

「ギルドとしても手数料とキャンセル料だけで相当美味《おい》しいしの。そうしてくれるのは助かるが……本当に良いのか？　通知を切ればうるさくないじゃろうが、おぬし震えるようには設定しておるのじゃろう？」

「まぁ、そうだけどさ……本当に依頼したい人が現れるかもしれないから」

それが俺の本音だった。

イタズラなんかで本当に依頼したいやつの邪魔をされたくない。俺を信用してくれる人たちの依頼を妨害するのも、きっとイタズラをする奴らの目的のひとつだろうから。

「ふむぅ。酷な話をするが、勇者を断ったおぬしに依頼をしたい者がいるかどうか分らんぞ？」

「それでも、だよ」

リフの気配りはありがたいし、正しいかもしれない。

それでも断ってしまうのは我ながら頑固かな。

「わらわは好きじゃよ。ジードのそういうところがの」

「私も好きー！」

リフの悪ふざけにシーラまで乗っかってくる。嬉《うれ》しさもあるが、恥ずかしさの方が占める割合は大きい。

「こ、子供じゃないんだからやめなさいよ」

「良いじゃないの、子供でも！」

「そうじゃそうじゃ。それにわらわは子供じゃよ」

「こんな時だけ自分を子供扱いするなんてズルいわよ……！」

「かっかっか。それから二つ目じゃがの」

リフが中指を下そうとして――

「むむっ……お、下ろしにくい……」

「最初から薬指の方を下ろした方がいいんじゃないか？」

なんとなくこうなる予感はあったので、用意していたアドバイスをプレゼントしてみた。

するとリフがすぐさま試す。

「おお！　たしかに薬指から下ろした方が楽じゃの！」

とても楽しそうに何度も何度も繰り返している。

すると事故って薬指と人差し指だけを下した状態でクエナに向けてしまった。

まあ、これも予想通りだった。

二発目の拳がリフの下に降りかかった。

「はやく二個目の要件を言いなさいっ！」

今日も今日とてクエナは暴力的だ。


「それで二つ目じゃがの」

リフが頭を痛そうに擦《さす》りながら言う。目じりには涙が溜《た》まっていて、さすがに懲りたのか指は立てていない。

「ジードから頼まれていた聖剣の在《あ》り処《か》を摑《つか》んだぞ」

「なによ。リフに頼んでいたの？」

クエナが意外そうな顔をする。

「ああ、依頼を出すことも考えたんだけどな。今の俺が依頼を出しても受けてくれるやつがいるとは思えなかったんだ」

「たしかにね。普段ジードと一緒にいる私やシーラが出しても同じことだろうし」

「うむうむ。困った時には真に頼れる人を思い起こすものよな」

リフが満足げに頷《うなず》く。

クエナはリフの態度に些《いささ》か不満そうだ。しかし、そのことを突っ込んで再び話が逸《そ》れるのも面倒そうなので口にはしていない。

「それで、どこにあったんだ？」

「獣人族領じゃ」

「なんでそんなところに……」

想像とかけ離れた場所にあることを知り、クエナが驚きを含んだ口調で疑問を発した。

「色々と捜査の手を巡らせたのじゃがな。最初は王都の路地裏のゴミ捨て場にあったようじゃぞ。それを拾ったチンピラが鍛冶屋に売りつけて、その鍛冶屋が冒険者に売り払ったみたいだの」

「そして冒険者が獣人族の領地に行った、と。今の所有者はその冒険者か？」

「うむ。とはいえ、正式な所有者でない限りは使うことができないガラクタ同然のものゆえ、武器に詳しくない駆け出しの冒険者が所有したままじゃろう。身元もほとんど割れておる」

リフは聖剣について詳しいようで、あらかたの予想をつけていたようだ。

たしかにガラクタ同然であれば、よほどの奇人でなければ我慢して使用するやつはいないだろう。

「取り返すのは簡単そうね。ギルドが冒険者に伝えてくれた方が楽だし、代わりに取り返してくれない？」

クエナの言葉にリフが難色を示す。

「それは難しいのぅ。獣人族のギルド支部には仕事が山積みじゃ。そこに人探しとなると時間がかかりすぎるし、そもそもギルド職員の本来の仕事ではないからの。冒険者に依頼を出してみてはどうじゃ？」

「いや、それはダメだ。時間がかかるかもしれないし、その冒険者を指名手配するようで気が引ける」

「そうね。それに依頼書に聖剣について大々的に書くわけにもいかないでしょ。あの形状、勇者関係の話が好きだったらパッと見で聖剣と分かるし、誰かを挟むと余計ややこしくなりそうだもの」

「俺達《たち》が行くしかないか」

自然と選択肢が絞られる。

外出するのは気が引けるが、仕方ないものは仕方ない。

「でも、なんでゴミ捨て場にあったのかしら。シーラが隠していたはずだし、防犯もしっかりしてるはずなんだけど」

　しかも、他に金目のものは何も取られていない。聖剣を狙い撃ちにした犯行だ。だというのに捨てられた。はっきり言って状況が異様だ。

　すると、リフが険しい顔つきになる。

「そのことじゃがの。聖剣を捨てた犯人の目撃情報があった。シーラだったそうじゃよ」

「わ、わたし!?」

　まったく身に覚えのない様子でシーラが驚く。

　いや、俺もシーラが聖剣を盗んで捨てるようなやつには思えない。予想通り、リフには続きがあったようで。

「――しかし、わらわはシーラの中にいる邪剣に話を聞きたいのお」

「ま、妥当な線よね」

　リフとクエナの意見は同じようだ。

　これに関しては俺も微《かす》かに想像していたことだった。聖剣と相性の悪い邪剣が破棄した可能性は否定できない。

「う、うーん？　でも、ここ数日お話できてないの。体調が悪いみたいで」

　体調とかいう概念があるのか。いや、まあ感覚的なもので、適当な単語を当てはめているだけなのだろうけども。

「で、あろうな。おそらく、そいつが身体《からだ》を乗っ取って聖剣を捨てたのじゃ。そして体力を使いすぎて眠り込んでおるのじゃろう」

「の、乗っ取った!?」

「てか、逆にシーラはなにも知らないのか？」

「うん……邪剣さんに何か聞いても教えてくれないし。そもそも名前すら知らないもん」

「よくそんなもん身体に住まわせてるよな……」

シーラの器の大きさには驚きだ。

あるいは何も考えていないだけかもしれない。

リフがシーラの肩を叩《たた》く。

「ジードとクエナは獣人族のところに行くがよい。そこで聖剣を取り返すのじゃ」

「リフとシーラはどうするんだ？」

「しばらくシーラは借りるぞい。もしかすると邪剣を外に出してやれるかもしれん」

「えぇ！　色々と嫌なんだけど！　ようやくジードと一緒にいられるのに！　私も獣人族領いくもん！」

シーラがリフから離れようとする。

が、岩のようにピクリとも動かない。見かけによらずリフは怪力のようだ。シーラが子供のように遊ばれている。

「聖剣をなくしたのが邪剣さんなら私が責任を取らないといけないの！　ジードの責任とるもおおおーん！」

「おいおい、変な言い方はやめろって！」

慌ててシーラの口を閉じようとする。

だが。

その前にリフが魔力を揺り動かした。

「──では、またの」

リフが転移を発動した。シーラを連れて。

一言たりとも有無を言わせない姿勢にビックリだ。それだけリフが本気であることがうかがえる。

「まったく。なんなのよ」

「リフに悪意はなさそうだったが……もしかしてシーラってヤバい状況なのか？」

「そうなんじゃない？　私たちに心配をかけたくないんでしょ。もしくはリフが私たちにさえ言えない問題を抱えているとか」

「そんなもんあるのか？」

リフは俺のことを評価してくれていた。手伝えることがあるのなら、全然手伝わせてもらいたいくらいなのだが。

「私も知らないわよ。でも、あんたが知ったら余計なことに首を突っ込みそうだし。気持ちは分からないでもないわ」

「そ、そんなこと思われてたのか。クエナも俺に隠してることあるのか……？」

気持ちが落ち込む。

「な、ないわよ！………いや、ないって言ったら恥ずかしいけど！」

クエナの必死な切り返しに、少しだけ照れ臭さと嬉しさがこみ上げてくる。

それからクエナが顔を逸らして玄関のほうに向かっていく。

「ほら、行くわよ！　はやいところスフィに返してあげるんでしょ、聖剣！」

「ああ。そういえば、クエナと二人だけでどこかに行くのは久しぶりだな」

「……！」

無言のパンチが胸に飛んできた。

クエナの暴力は甘噛《あまが》み的な側面がある。どことなく距離が縮んでいるのがわかって嬉しくなった。

◇

クゼーラ王都を歩く。

「どうやって行く？」

「馬車が一番ね。お金さえ払えば引き受けてくれるはず」

普段より多めにね、とクエナが付け加える。

俺を乗せるには、それだけのメリットが必要というわけだ。

普通なら、目的地への護送依頼を並行して受ければお金まで稼げるのだがな。勇者の神託を取り消した俺は世間からの信用を失っている。こいつは何をしでかすか分からない。そんなことを思われてるかもしれない。

「たしか獣人族領はクゼーラ王都から離れていなかったよな？」

「三日くらいで着くわよ。あんたの転移魔法を使えば、一旦あっちに行くと往復もできるようになるでしょうしね」

「何もなければの話だな。それだけの距離となると魔力の消費が激しいから連発はできない」

なんて会話をしている今でさえ。

――視線が痛い。

肉体にはダメージがない。だが、心を棘《とげ》で刺される感覚は消えない。

「もっと人通りが少ない道にするべきだったわね」

クエナも同じことを思っていたのか、そんなことをポツリと呟《つぶや》く。

「こっちの方がはやいんだろ？」

「まあね」

「それならこっちでも——あ」

覚えのある匂いが鼻腔《びこう》をくすぐる。

串肉屋のおっちゃんだ。クゼーラ王都に帰ってからまだ一回も食べてなかったな。

つい、普通のノリで声をかけようとする。

しかし、挙げようとした手をクエナに止められた。

気づく。

俺が声をかけない方がいい。

それが串肉屋のおっちゃんのためでもあるのだ、と。

胸のざわめきが大きくなる。こんな気持ちになるのなら、クエナの言うとおり別の道を選ぶべきだった。

「——おい、ジードじゃねえか！　んだよ。食ってかないのか？　おまえなら今後ずっとタダだって言ったろ？」

「お、おいバカ。あいつに声をかけるのは……」

「うるせえな。だれが何をしようが勝手だろうが」

一瞬、涙腺が緩む。

いつもと変わらない声だ。

隣の店のおやじに止められてもなお、俺のほうを向いて笑みを浮かべている。

「き、気づかなかっただけだよ。それじゃあ五本もらおうかな」

「あ〜ん？　てめえ鼻おかしくなったのか？　めちゃくちゃ良い匂いが大陸中に幸せ運んでんだろうが！」

おっちゃんが小突いてくる。

ちょっとだけ痛いが、それ以上に苦しかった胸のざわめきと心の痛みは消えた。

それから五本分を用意してくれた。

「ほらよ、ちゃんと食っとけ」

「ありがと……。はい、銅貨五枚」

「金はいいっての。息子を助けてくれた時に約束しただろ？」

「いいんだ、受け取ってくれ。ずっと無料だったら店を潰しちまう」

「てめえ……ま、くれるってんなら貰《もら》っとくよ」

おっちゃんが銅貨を粗略な態度で取る。

「でもよ、息子を守ってくれた礼はさせてくれ。あいつもお礼を言ってくれって頼んできやがったからな。おまえが勇者だったら機会もあったんだろうが――」

話していると、クエナが服の裾を握ってくる。

「そろそろ行かないと。三日もかかると剣を持っているっていう冒険者の行方も……」

「ああ、そうだな。悪いな、おっちゃん。行かないといけない」

「冒険者だもんな。行ってこい」

豪快に笑い飛ばしながら背中を叩かれた。

不快感はない。

むしろ、背中を押されたような心地好いものだ。

「行ってくる」

妙な気分だが、笑みがこぼれた。

それからしばらく歩いて。

「クエナ、ありがとな」

「急にどうしたのよ」

「いや、俺なんかといると嫌われるのに。家にまで泊めてくれてさ」

「生まれた時から嫌われてるのよ？　私は慣れっこ。どっちかというと、あんたを襲おうとするシーラを止める方が大変よ」

クエナが肩を竦《すく》ませる。

「そうか。……それでも、ありがとう」

「シーラにも言ってあげてね。何も考えてないように見えて、ちゃんと考えてる。あの子

「もいっぱい辛《つら》いことがあって、救ってくれたあんたを本気で……」

言いかけて、止まる。

それから首を左右に振って、微笑をたたえる。

「この続きは私が言うものでもないわね」

そうやって反省して。

けど、どこか名残惜しそうな顔をしている。あるいは、口にしたことを後悔しているようだ。それはシーラに配慮しているというよりも、むしろ自分本位なものに見えた。

◇

木の軋《きし》みと、馬の蹄《ひづめ》が大地を蹴り上げる音が不規則に耳に届く。

一人だけで乗るには十分すぎるほどのスペースが確保されている荷台で、俺は御者をやっているクエナを見ていた。

「クエナは馬車も使えるんだな」

手綱を握り、悠々と馬を操っている。

一見すれば楽そうに見えるが、やってみると難しいのだろう。

「護衛依頼で依頼人が怪我《けが》をしたことがあってね。それから多少は覚えておくようにしてるの。馬は基本的な移動手段だし」

「すごいな、なんでもできて。俺からすれば完璧超人だ」

「大げさよ」

そう言うクエナは照れ臭そうな顔だった。


——結局、馬車を利用させてくれる人はいなかった。


代わりに病気で仕事ができない人から、馬車を有料で貸してもらうことができた。

「ジードは獣人族について、どこまで知ってる？」

図書館で見たから色々と知っている。とくに獣人族は人族との交流が盛んなので、情報量は自然と比例して多い。

「『最高戦士』ってやつが治めてるんだろ？　たしか今はオイトマとかいうやつだ」

「そう、そのオイトマが一番強くて、一番獣人から支持を集めている。そしてその配下の『護《まも》り手』も強い。これが獣人族の上流層ね」

「護り手の中にはSランクの冒険者もいるって聞いたな」

「ええ、いるわ。むしろ護り手じゃなくともいるくらいよ。そんな獣人族の領地の中心部である国都オーヘマスに行くんだから、そのうち出会うんじゃないかしら」

クエナが顔をゆがめる。

あまり出会いたくなさそうだ。

「そんなにいるのか？　前のSランク試験では獣人族は一人もいなかったが……」

「人族と獣人族の試験は別よ。基準は同じだけど」

「へぇ。数はどうなんだ？　獣人のほうが多いのか？」

「それは人族のほうが上。獣人族でギルドが設置されたのも人族より後だからね」

「さすがの物知りだな」

「目指してるからね」

その一言に焦燥はなかった。

とても落ち着いていて、次は必ず彼女がSランクになりそうだと思った。

元々、俺やフィルがいなければクエナが一番有望だという声もあったくらいだからな。

「そういえばさ、俺は仮面とか持ってきた方が良かったかな？」

「勇者の件で嫌われているからってこと？　別にいいわよ。人族だってにおいでバレるからフードや仮面はむしろNG。縁のない他種族の領地に行ってまで素性を隠す怪しいやつを獣人族は受け入れない」

「……ふーむ」

「心配なら私一人で行ってもいいけど？」

ふと、クエナがそんなことを言う。

たしかに彼女の力量ならば問題ないだろう。そうした方がいいとも思う。

「クエナの実力を疑うわけがない。けど、クエナを一人で行かせる方がイヤだ」

「でも、今ならまだ――」

「――万が一にでもクエナが傷つくくらいなら俺一人で行った方がいい」

「……ちょっと」

クエナが口元を抑えながら俺から視線を逸《そ》らす。

意図的に顔を隠すようにして。

「な、なんだよ？　変なこと言ったか？」

「い、言った」

「なんだよ？　教えてくれ」

「私は冒険者なのよ。傷だっていっぱい付く。それこそ一生残るようなものでも覚悟は……」

「それがイヤなんだ。クエナの受ける傷はすべて俺が引き受けたい」

「そ、そういうところが変だって言ってるのっ！」

激しい口調だが、不思議と嫌がってはいないように見える。

むしろ快さそうな気配すら感じる。

「私はあなたと肩を並べる存在になるの。……変なことを言ってくれる、あなたの隣に」

クエナにしてみれば余計なお世話だったかな。

きっと、俺の言葉は彼女の覚悟の邪魔だったんだろう。ならばもう言わないほうがいいかもしれない。

「なら、二人で国都オーヘマスまで一直線だな」

「また面倒に巻き込まれないでよ」

「約束す…………………極力がんばる」

「……あんた」

「すまん。でも目の前で困っている人がいたときに『変なことに巻き込まれたらどうしよう』って迷いを生みたくないんだ……」

「ふふ。まぁ、それでいいと思うわ。そういう正直なところ好きよ」

「お、おぅ……ありがとう……」

クエナにしては珍しく、素直に好きと言った。あまりこういった言葉は使わないと認識していただけに戸惑う。

「……待って。やっぱり今のなし」

「なんで!?」

「恥ずかしいからよっ！」

「な、なら恥ずかしくなくなるくらい言ってくれてもいいんだぞ!?」

「うっ、うるさいって！　獣人族領まで歩かせるわよ!?」

「こ、ここから!?　悪かったって！」

なんて話しているだけで、時間は過ぎていった。

獣人族領までは数日かかったが、本当に一瞬のように感じた。

第二話　国都オーヘマス

俺とクエナは馬車から降りて、目の前の景色を眺めていた。

「ここがオーヘマス……国都？」

「どう、感想は？」

クエナが隣から尋ねてくる。

「なんか今まで見てきた都市とは違う感じだ」

「うん。獣人族の最大の特徴は強さを重視しているところ。だからこんな風になってる」

外壁が一切ない。

ただ民家が広がっている。

ここに来るまで森を抜けてきたが、魔物は多く生息していた。襲われたことだってあったほどだ。

そして、オーヘマスは森に隣接している。

つまるところ、この国都とやらは本来なら真っ先にやるべき魔物襲撃の対策が一切取られていないのだ。

「強さを重視するって言っても、戦闘だけじゃ安全に暮らしていけないんじゃないのか？

たとえば壁や外堀を作らないのか？」

「それらはとても大事ね。でも、そういった仕事は軽視されている。いくらでも替えがきくと思われてるから」

「おぅ……怖いな」

自然とそんな言葉が出る。

「なに言ってんの。あなた強いんだから天国でしょ？　寝首を掻《か》かれるとか想像してるの？」

「いや、そうじゃない。なんだろうな。強くなることが絶対のような……」

「もしかして競争が怖いの？」

クエナが俺の顔を覗《のぞ》き込んでくる。瞳の中には心配そうな色が見えた。きっと、動揺していたところを見透かされたのだろう。

そこで、自分が過去の体験と照らし合わせていたことに気が付く。

「ああ、多分そうだ。森にいた頃は強くならないと死んでいたからさ。それが絶対であるここは息が詰まりそうだ」

「死ぬわけじゃないでしょうけど……まぁ、追って追われてを繰り返すのは疲れるでしょうね。でも、獣人族はそれで栄えている。人族だって魔族だって少なからず競い合うことはあるでしょう」

「……まぁ、たしかに」

　クエナに言われて、少しだけ落ち着く。

「それじゃ、ここは人も多くて捜しにくいだろうから、まずはギルドの支部に行って聞き込みでも――」

　言いかけて、クエナが視線を止める。

　俺も釣られて視線の先を見ると、ボロボロの剣を持った駆け出しっぽい冒険者が歩いていた。まだ若い少年だ。

　その剣は見知ったもので、ていうかもろに――

「あるじゃねーか！」

「うおっ！」

　冒険者が俺の声にビックリした様子で立ち止まる。

　やばい。不審者だと思われてしまっただろうか。

　このままだと警戒されてしまう……！

「お、驚かして、すまない。じつは君の持っている剣は俺のものだったかもしれないんだ。確認しても良いかな……？」

　なるべく穏やかな口調で語り掛ける。

　少年は目をパチクリさせたまま固まっている。

やばい。このままだと不審に思われて逃げられてしまうのでは——

「——ジードさんじゃねーか！」

少年が腕をピン！っと伸ばして聖剣を差し出してきながら言ってきた。顔は驚愕《きょうがく》に染まっている。

「……あ、す、すみません！　あの、いつもご活躍見てます！　どうぞ確認してください！」

「え？　あ……ありがとう」

なんだか拍子抜けした気分だ。

まるで子犬に懐かれているような、そんな態度を取られている。

あまり悪い印象は抱かれていない様子で何よりだ。

とくに勇者の一件で、もしかすると口すら利いてもらえないかと思っていたくらいだからな。

「……よかったわね、Sランクの冒険者サマで。憧れの的じゃないの」

クエナが小声で横から嫌みのように言う。

少年は目を輝かせているから、なんとなく言いたいことは分かる。だが、やめてくれ。悪いことをしているわけではないのに、なんだか後ろめたい気分になるじゃないか。

「で、どうなの？　本物っぽい？」

「ああ、みたいだ」

ポロリと聖剣を纏《まと》っていた錆《さ》びの一部が零《こぼ》れる。

どういう仕組みか、綺麗《きれい》な剣身が少しだけ覗《のぞ》いている。一度は勇者として選ばれた俺に反応しているということだろうか？

「すまない。これは俺の物だ。買い取らせてくれ」

「い、いえ！　ジードさんからお金は取れませんよ!?」

「それは悪いからダメだ。なんなら他の剣を見繕っても……」

故意ではないが、一時的に失《な》くしてしまっていた。しかも、聖剣は捨てられていたのだ。それを拾われて売られるのは仕方ないことだと思う。

何より彼に悪意があったわけではない。

このまま俺が無理やり奪っては、ただの被害者だろう。

「ちょっと……」

クエナが注意を払うように声をかけてくる。気づく。いつの間にか獣人族に囲まれていることに。

どうやら会話に集中しすぎてしまったようだ。

「その剣を渡してもらおう」

獅子《しし》の耳としっぽ。がっしりとした体格に長身だ。尖《とが》った目をしている。低く重みのある声に相応《ふさわ》しい見た目の男だ。

文献で見たことがある。

この容姿の特徴は獅子族——獣人族でも武闘派の種族だ。

「……」

半ば強引に奪い取ろうとしてくる。

しかし、力を込めて踏み留《とど》まる。

「なんのマネだ？」

「そっちこそ。これは俺のものだが？」

「俺は『護《まも》り手』のツヴィスだ。反抗しないでもらおうか」

「なぜ、剣を見たい？」

「それが『聖剣』だからだ」

ツヴィスと名乗った男は淀《よど》みなく答えた。

どうやらバレていたようだ。

てか、こんな一瞬で見破られて引き渡しを要求されるってことは本物の聖剣なんだな。

スフィがあっさり渡してきたから疑ってしまっていた。すまん、スフィ。

しかし。

「なら余計に渡すつもりはない。これは借りているものだ。本来の持ち主に返さなければいけない」

「ああ、そうだ。おまえの持つべきものではないな。ジード」

「俺のことまで知っているわけか」

「獣人族でも有名だ。おまえが領地に踏み込んだ時点で報告が来た。良い知らせとは言えないが」

明確な敵意を向けられる。

足の重心、そして軽い息遣いの変化で戦闘が始まる気配を感じた。

「さっきも言ったが聖剣を持ち主に返したいだけなんだ。戦うつもりは毛頭ない」

「おまえが良くても俺達《たち》は良くない。おまえに聖剣は似合わない。今、おまえが持っているだけで虫唾《むしず》が走る」

ツヴィスの顔が歪《ゆが》む。俺への憎悪が滲《にじ》み出ている。

どうやら俺は相当嫌われているようだ。

(おまえの言ったとおりだったよ、クエナ)

(でしょ)

なんてクエナとアイコンタクトを取る。互いに同じことを考えているかは議論の余地があるだろう。

しかし、おかげでクエナが助け船を出してくれる。

「いきなり人族を襲ったとなれば大問題よ。それも私たちはSランクとAランク。争いを始めたら、ここら一帯に甚大な被害が生じるわ」

「どうでもいい」

クエナの言葉は一蹴される。

想像以上に好戦的な種族のようだ。

それにしても、これはマズい。アウェイの状態で戦闘が始まりそうだ。

「待つのだ！　困っているようだから助けてやるのだ！」

腑《ふ》抜《ぬ》けた声と共にツヴィスと俺の間に助勢が入り込んでくる。

白く、高い耳にしっぽ。狼《おおかみ》だろうか。

あまり賢くはなさそうな喋《しゃべ》り方《かた》とは対照的に、女性的な魅力はありながら戦闘に慣れていそうなバランスの良い体格をしている。

「……ロニィ」

「護り手とはいえ暴挙は許されていないのだ、ツヴィス」

空気が変わる。

隣のクエナも「ロニィ……」と驚嘆を含んだ声音で呟《つぶや》いている。

間に入ってくれたやつは有名人のようだ。

もしかすると戦闘を回避できるかもしれない。

実際、ロニィと呼ばれた女性も強い。ツヴィスを止めるだけはある。

「では、おまえはこいつに聖剣が渡ることを許すのか？」

「イェスなのだ。持ち主が所有するのは当然のことなのだ」

「いいや、持ち主は違う。これは歴代の勇者様がどこかの村に託したものだ。そして、それを聖女スフィ様が預かっていた……所有すべきは資格のあるものだけだ」

「相変わらずの勇者好きなのだ。けども、そのスフィとやらが託したのはジードなのだ」

「違うと言っているだろうが！　勇者から逃げた臆病者が持っていいはずがない！」

ツヴィスの言葉に熱が入る。

ロニィが仲裁してくれたようだが未《いま》だ状況は芳しくない。むしろ白熱してしまって人々の注目が集まっているくらいだ。

「で？　もしもジードから取ったらツヴィスが返すのだ？」

「少なくとも勇者を断ったような恥知らずよりはマシだろうが！」

さっきから俺の扱いがヒドい。

まぁ、こうなることは予想していたので心のダメージは不思議と少ない。

「――和やかではないな」

また誰かが間に入ってくる。

今度は『強い』なんてレベルじゃない。纏う魔力は少量だが極めぬかれている。

ロニィに似て白い尻尾と耳を持つ男が現れた。

「……」

「父さん」

さっきまで威勢の良かったツヴィスがしおらしくなった。

ロニィは男のことを「父」と呼んだ。

どうやら両者ともに見知った人物が現れたようだ。

「なんの話だね。交ぜてもらおうか」

「いえ、お気になさるほどのことでは……」

「ツヴィスがこの人からカツアゲしようとしてたのだ」

「ちっ……」

ロニィが勝機を得たとばかりにニヤリと表情を浮かべる。

「ほう。なぜ？　おまえの家には金など腐るほどあるだろう。歴代の『最高戦士』を何人も輩出してきた家柄なのだから」

「……金ではありません。そいつが不相応にも聖剣を聖女様に返そうとしていたから、俺が代わりにその役目を担おうと考えただけです」

「はは、なるほど。それでロニィと口げんかになったわけだ。それで、ジード殿。おまえは許したのか？」

「おまえ、だれ──」

「ジード」

俺の言葉を遮り、クエナが横から小声で話しかけてくる。なんなら急ぎの要件とばかりに横腹を突いてきながら。

「どうした？」

「……オイトマよ。今の最高戦士。つまり獣人族の王様」

どうりで。

実力で選ばれるだけはある。

と、なれば返事を待たせるわけにもいかないだろう。

「俺は許していない。だが、争いはごめんだ。もしもここで返してくれれば長居をするつもりもない」

「ふむふむ。せっかく人族が来てくれたのだ。もっと居てくれてもいいのだがな？」

「いや、それは」

正直居心地が良いとは言えない。

それは人族の領地でも変わらないだろうが、知人はあちらの方が多い。まだ幾分かマシだ。

「そうだ。こうしよう」

オイトマが有無を言わさず俺から聖剣を奪う。

またポロリと錆《さ》びが落ちたのは、俺が長く持っていたからだろう。

「近々、獣人族で『成祭《せいさい》』という催しが行われる。これは若き最高戦士候補の実力を見極めるためのものだ。ツヴィスとロニィは注目株なのだよ」

「……それが？」

「ツヴィスが勝てば聖剣は彼が持ち、ロニィが勝てば聖剣はジード殿に返そうじゃないか」

「なに言ってんだ？　なんでそんな催しに俺が巻き込まれ……」

「ここでは私がルールだ」

オイトマの周囲に続々と獣人が集まる。

『護り手』とかいうやつらだろう。一人一人の力量が凄《すさ》まじい。ここにいる数人で、オイトマを除いたとしても一国の軍事力にさえ値するほどだろう。

なるほど。これが獣人ってやつか。魔族と何度となく戦いながらも善戦をしてきた種族。だてに歴史上で何度も激戦を繰り広げていたわけじゃない。

クエナが俺に聞こえる声で、ぼそりと呟く。

「……今は引いとくのが得策かも。獣人族と揉《も》めるのはまずいわよ」

しかたないか。

だが、いざとなれば——

「わかった。それでいい」

「うむ。では、聖剣は預かろう。必要であれば研いでおいても良いが？」

「その錆びは研いでも意味ない」

「なるほど？」

いささか得心のいっていない様子だが、オイトマが隣にいた男に聖剣を渡した。

「では、ツヴィスもロニィも奮闘するように。他人の大切なものを背負う者の責任は大きい。……ツヴィスはわかっているだろうがな」

オイトマの言葉に、ツヴィスが睨《にら》みで返す。

それには鬼気迫るものがあった。

同様に、聖剣をオイトマから預かった側近らしき『護《まも》り手』の一人も、似たような視線を——ツヴィスに向けていた。

どうやら複雑な関係のようだ。

こうしてオイトマが締めくくり、解散となった。

◇

一人、別の方向に歩き出すロニィに声をかける。

「助かったよ。ロニィ」

「気にしないでいいのだ。そもそも何もしていないのだ」

「いいや、おまえのおかげで戦闘せずに済んだ。……それと、聖剣を頼む」

「分かってるから、本当に欲しいのなら声を掛けない方がいいのだ～」

手をひらひらと振りながら、ロニィが突き放してくる。

先ほどまでとは打って変わった様子に、クエナが怪訝《けげん》に首を傾《かし》げる。

「どういうこと？」

「成祭《せいさい》なのだ。獣人族は実力でトップを決めるけど、若手の一番を決める祭りはみんなの投票でトップを決めるのだ」

ロニィが髪をたなびかせながら、面倒くさそうに肩を竦《すく》める。

「……投票」

ひとりごちながら周囲を見る。

冷たいまなざしが俺達《たち》を取り巻いていた。

「なるほど。嫌われ者の俺はあまり関わらない方が良いってことか」

「そういうことなのだ。私が助けたのは、祭りが始まる前のポイント稼ぎだったのだ。けど逆効果だったのだ」

それだけ言って、ロニィが俺達から離れていく。

ふーむ。

「それで、どうする？」

クエナが横から俺の意思を確認してくる。

「ロニィはあまり乗り気じゃないみたいだったな」

「そりゃそうよ。自分でも言ってたけど人気を集めるためのポイント稼ぎだったんでしょ。私たちを助けても嫌われるだけじゃない？」

一瞬だけ『同じギルドの仲間同士だから』なんて淡い期待を抱いた。真にそうであったならばどれだけ良かったことだろう。

けど、実際の反応は冷たいものだった。

「今からでも俺達で奪い返す方法を考えた方が良い気がしてきた」

「相手は獣人族の王様なのよ。やめとくことをお勧めするわ」

クエナがシャレにならないくらい真剣な顔で窘《たしな》めてくる。

「けどさ……」

「安心なさい。ロニィも成祭《せいさい》で負けたくはないはず」

たとえ聖剣については乗り気じゃなくとも真剣にやってくれる、ということだろう。

……不安要素に頭を悩ませていても仕方ないか。

「俺たちに何かできることはないかな」

「あまり関わらないこと。っていうのは彼女も言ってたわね」

「なら……帰った方が良いのか？　信じて待つのも一つの手だけども」

クエナが顎に手を当てながら眉間に皺《しわ》を寄せる。彼女にしても慣れない土地の催しで答えは簡単に導けないようだった。

「そもそも成祭《せいさい》ってのがどういうもので、いつ終わるのか、よね」

「ああ、そうだな」

帰るにせよ、また聖剣を取りに来なければいけない。ロニィが勝ったとしても、強奪するにしても。

そのために祭りのことを詳しく知らなければ、いつ獣人族領に戻ればいいかすら分からないのだ。

「話を聞くためにギルド支部でも行きましょうか。あそこなら人族のギルド職員もいるはずだから」

「そうだな。それに獣人族の依頼も見てみたかったところだ」

「何度か受けたことがあるけど、そんなに変わらないわよ」

クエナが肩を竦めながら仕方なさそうに微笑《ほほえ》む。

それから、ふと思い直したように表情をするりと変えてから居直る。

「念のために再確認したいんだけど。……聖剣を取り返したいのよね？」

「ああ。どうして聞くんだ？」

「正直な話をすると私は別にジードがスフィに返す必要はないと思ってる。ツヴィスだっけ？　あの獅子《しし》の獣人が返すって言ってるんだから、面倒なことはやめて帰ってもいいと思うわよ」

そのことについては考えた。

クエナの言うことにも一理あるのだ。聖剣は俺が介入しなくとも勝手にスフィの手元に還っていく。その選択をした方がいざこざを起こさずに済む可能性が高い。

しかし。

「あれは俺がスフィから預かったものだ。俺が返すべきだと思う」

「ま、それも筋ってものね。本当に返してくれるかどうかは怪しんでも良いところだけど……そこまで考えたら成祭《せいさい》の結果も出てないうちにジードが暴れそうだから止《よ》しておくわ」

軽くからかうように笑うクエナはどこか愛らしかった。

そう思ってしまう自分が照れ臭かった。

「俺は理性のない魔物じゃないぞ」

きっと俺の頬には笑みが浮かんでいたことだろう。

◇

獣人族領のギルド支部は想像していたよりも普通だった。

あまり人族と変わらない。

階層はクゼーラ王国の方が多いくらいか。

それから冒険者も受付も獣人が多い。

しかし、依頼内容には多少の違いがあった。

「物々交換……？」

「ええ、一部はそうね。今は人族の貨幣を用いた経済制度が導入されてるけど、獣人族領では昔ながらの物々交換で取引されることもあるわ」

ボーンウルフを倒せば一か月分の穀物を貰《もら》えるという依頼。他にも歴代最高戦士の三十センチ銅像が貰える依頼なんかがあった。

これは人族には見られないもので面白い。

「でも、なんで物々交換なんだ？」

「富と権力の在り方の問題ね。獣人族は力が強い者ほど権力とお金を持っているの。必然的に冒険者に依頼されることが多い腕力が必要な仕事に支払うお金は、弱く権力のない依頼人より依頼を受ける強く社会的地位も高い冒険者の方が持ってることが多い。貨幣経済があっても強い者にだけ富が集中しすぎてしまうのよ」

「……ん？　難しいな」

「簡単にいうと、お金だけじゃ搾り取れないから物まで取ってるってこと」

クエナの表情は暗い。

「おぅ……なるほど」

じつに分かりやすい構図だ。

如実に力を重んじている種族だけある。

なんというか、生きづらそうだ。

「ふーむ。試しになにか受けてみようか？」

「ちょっと、目的忘れてない？」

「聖剣のことだろ？　大丈夫さ。ちゃんと依頼を受けるのと一緒に聞くよ。それに依頼を引き受ければ話も聞いてくれやすくなりそうだしさ」

「……まぁ受付に人族はいないみたいだしね。でも、依頼は選んだ方がいいかもしれないわよ」

「ああ、わかってる」

俺が受けたとすれば嫌悪感からキャンセルを申し出てくる可能性がある。それも直接の取引となれば私的な感情を隠そうとすらしないやつまで出てきそうだ。

だからこそ、なるべく依頼人自身とは関わらないものがいい。

それから引き受ける冒険者を複数必要とする依頼も避けた方がよさそうだ。

「これとかどうだ？」

依頼書を丁寧に剝がしてからクエナに見せる。

どれどれ、とクエナが覗《のぞ》き込むように前のめりになる。

「近場に出現したオーガの一群の討伐……依頼人は護り手の一人ね」

「我ながら良いチョイスだろ？」

「まぁ、これなら断られる心配もないわね。適性ランクもAランク以上からみたいだし、受理できる人が限られているから」

褒められるのが嬉《うれ》しくて、鼻が高くなりそうだ。

しかし、クエナの表情に陰りが生まれる。

「これ、めちゃくちゃ近いじゃないの。シネリア森林って」

ここに来るまでの地理は頭に叩《たた》き込んである。

クエナの言うとおり、シネリア森林は国都オーヘマスから近い。それこそ歩いて十数分ほどだ。

「それがどうした？」

「いや、相変わらず無茶苦茶な種族だと思って。覚えてる？　ここ外壁が一切ないのよ？　そんな近くにAランク相当の討伐対象がいるって危険すぎるわよ」

「確かにそうだが……さすがに何か対策は取っているんだろ？」

「昔と変わっていないのなら弱者は放置されているんじゃないかしら」

クエナの冗談とは到底思えない、重々しい言葉に軽く衝撃が走る。

「え？　でも討伐依頼も出てるじゃないか」

「それはオーガが目障りになったからじゃないかしら」

「目ざわりってそれだけか？」

「……言っとくけど私も良くないと思ってるからね」

すこし受け入れがたい、生理的な嫌悪感を覚える。自分でも不思議な感覚だ。

いや、どことなく期待していたのかもしれない――

「勇者を好きなのに……この国に暮らす人達のことは好きじゃないんだな」

「そうね。勇者っていう熱狂できる英雄的存在に酔っているだけかもしれないわ。その勇者が民を救ったことはどうでもいいのかも」

ふふ、と軽く笑って、クエナが俺のほうを見る。

「勇者に興味なさそうだったじゃないの。本当は断ったことを後悔してる？」

「興味がない……ってわけではないと思う。改めて考えてみると自分が何なのか分からなくてさ。勇者になったら自分が変わってしまうような気がして」

「人はそう簡単に変わらないわよ」

クエナが物柔らかに目を細めて笑う。

その言葉に安心感を覚える。けど、一抹の不安が心のどこかにあった。

不意に横から気配が現れる。

「まだ獣人族領にいたのだ?」

ロニィだった。

思いがけず再会してしまったが、そういえばSランクの冒険者だったか。ギルド支部なのだから出会うのも当然だろう。

「成祭《せいさい》について詳しく知りたくてな。依頼を受けるついでに受付嬢に聞こうと思ってたんだ」

「ふーん……それよりも、その依頼は私が引き受けるつもりだったのだ。もらってもいいのだ?」

ロニィが俺の持っている依頼書を見ながら尋ねてくる。

「実は俺たちも受けたくてさ。これ以外の依頼は断られてしまいそうで」

「複数のパーティーが受注できる依頼ではないのだ。うーん……ま、成祭《せいさい》についてなら私が教えてあげるのだ」

彼女から聞けるなら依頼を受けなくても良い。受付とも話す必要はない。

念のためクエナの方を見て同意を取る。

クエナも問題ないと判断して縦に首を振った。

「そうか。話を聞けるのなら助かるよ」

ロニィに依頼書を渡す。

それからロニィに指示され、人気の少ない路地裏にまで行く。

◇

「依頼、受けてきたのだ」

手を飄々《ひょうひょう》と左右にさせながらロニィが合流する。

「自己紹介をしていなかったのだ。改めて、Sランクの冒険者ロニィなのだ」

「俺はジードだ。ランクは同じくSで、こっちがクエナ」

「うんうん。二人とも知っているのだ。ジードは鳴り物入りでギルドに入ってきたから噂《うわさ》は色々と聞いているのだ。よくも悪くも、だけど」

随分と耳が痛い話だ。

それからロニィが人差し指で一方をさす。

「こっちから行くと、あまり誰かに見られずに済むのだ。依頼はすぐに行かなければいけないのだ。だから歩きながら話すのだ」

それから三人で並んで歩く。

ロニィの言うとおり人気が全然ないようだ。

「それで成祭《せいさい》について何が知りたいのだ?」

「まず、いつ終わるか知りたいわね」

「順調にいけば一週間後には終わる予定なのだ」

「結構すぐなんだな」

ロニィの回答は思いがけないものだった。

というのも、あまり祭りの雰囲気を感じさせない街並みだったからだ。俺のイメージでいうところの祭りは、もっと賑《にぎ》やかだったり、人々の口から祭りへの期待が聞こえていたりするものだ。

もう少し準備期間を置いていそうなものだが、一日くらいで手っ取り早く済ませるのだろうか。

「単純に若手の一番を決めるってだけなのだ。殴り合いだけで済むなら、もっとはやいのだ」

さも当然のように暴力的な一面を垣間見《かいまみ》せてきた。

にたりと笑みを浮かべながら握りこぶしを両手で作って叩き合わせている。

「そういえば、なんで投票なんかで決めるんだ？」

「昔の成祭《せいさい》で死人が出たからなのだ。子供同士は白熱して歯止めがきかないから、大人の仲介がいるってことで投票で一番が決まるのだ」

「……聞いてしまって、すまんかったな」

それはたしかにやめておいた方がいいな。

だが、そうなると投票後にも遺恨が残りそうなものだ。それはなんとか調整するのだろうけど。

「いいや、私もまどろっこしいと思っていたのだ。昔からの色々な経緯があって、今の成《せい》祭《さい》は直接殴り合って強さを示すトーナメントを開いて、その後の投票で若手のトップを決めるというイベントになったのだ。そしてトーナメントも安全を確保するために団体戦なのだ」

「団体戦？　それはどういうものなの？」

「観客を入れた闘技場で5対5の戦いをするのだ。これも個人ではなくチーム対決にすることで白熱しすぎないためらしいのだ」

つまらなそうに、ロニィが口をとがらせる。彼女的にはあくまでもタイマンが希望のようだ。

「でも5対5でもバチバチに戦うんだろ？　過熱しちゃいそうだけどな」

「そうなると他のチームメンバーが止めにかかるルールなのだ。死者を出したら負けになるのだ」

それに、とロニィが続ける。

「ここでポイントなのは『誰を連れてきたか』なのだ」

「つまり威光を知らしめる目的もあるということかしら」

「そう。成祭《せいさい》で肝心なのは票を集めることなのだ。だから、より強い者を連れてきたら認められやすいのだ。結局は勝たなければダサいけど」

「1対1でも別に構わないと思ったけれど、そういった目的もあるのなら納得ね」

「ジードが嫌われていなければ一緒に戦ってほしかったのだ」

ロニィが惜しむように口にする。

たしかに俺が参加できれば力になれていただろう。

だが、あいにくと俺は獣人族で――というか恐らく大陸全土で――嫌われている身だ。もしも彼女のチームに入れれば得票数は下がるだろう。

「俺も嫌われていなかったら参加したかったな。……こう聞いたら侮っているようで悪いかもしれないが、勝てそうなのか？」

いよいよ本題だ。

成祭《せいさい》の詳細について知れても聖剣が取り返せなければ意味がない。

ロニィには勝ってもらわなければ困る。

「勝てるのだ。ぶっちゃけ成祭《せいさい》のトーナメント以外でも戦いは始まってるのだ。とどのつまり、普段どういった活動をしていて、どれだけ強さをアピールできているか。なのだ」

「その点でいえばロニィはSランクだから問題なさそうね。でもツヴィスだっけ？　あれも護《まも》り手なんでしょ？　相当強いはずじゃないの」

クエナが疑問を投げかける。

「あいつは親の七光りで護り手に加えられただけなのだ」

小ばかにしながら、ロニィが続ける。

「元々、最高戦士は獅子《しし》族ばかりが成っていたのだ。だからそれなりに発言力もあって、若いころから護り手に入れてもらっていたのだ」

そういえば最高戦士オイトマの近くで、ツヴィスを睨《にら》んでいた護り手の男がいた。

親子といえるほど似通った容姿ではなかったが、嫌悪とはまた違う厳しい目線を送っていたので近しい者だったのだろう。

「本当は護り手になれるのは選ばれているやつだけなのだ」

「選ばれているやつ？　Sランクのロニィでさえ護り手じゃないんだろ？」

「私は七光りって言われるのが嫌だからなってないだけなのだ」

　オイトマのことを父と呼んでいた姿は覚えている。

　だから護り手になったツヴィスに対しても敵対心があるのだろう。

「じゃあ、どうやったら護り手になれるんだ？」

「色々あるのだ。最高戦士からの直々の指名や、護り手から幾つも推薦をもらう。他にも実力を示す成果があればいいのだ」

「Sランクとかね？」

「そうなのだ。私は最高戦士になれる実力があるのだ。でも未《いま》だにSランクの冒険者になったことでさえ親のおかげだ、とまで言われている始末なのだ」

　あからさまに不満気な態度を露《あら》わにする。

　クエナも同情の視線を送っている。

「ギルドがそんな不正を受け入れるとは思えないわね。Sランクはギルドの顔のようなもの。一つの失敗でギルド全体の信頼をも貶《おとし》めるのに」

「その通りなのだ！……ま、でも今度の成祭《せいさい》で勝てば正式に護り手になるのだ」

「勝てば賞品でもあるのか？」

「うむ、なのだ。最高戦士からの直々の推薦をもらえるのだ。それに成果としても不足はないのだ。だから今回の成祭《せいさい》で満を持して護り手になり、父を越えるのだ」

ロニィが嬉々《きき》として語る。

無邪気に夢を追いかける子供のような姿だ。

「まぁ、俺としては勝てそうならそれでいい。よろしく頼んだぞ」

Sランクという称号は信頼できる。

といってもSランクの冒険者自体の数が少ないので判断材料としてはやや不足している感が否めない。それでもソリアやフィル、トイポといった面々は他と比べると群を抜いている。ロニィが彼女らと並んでいるのなら安心してもいいだろう。

「任せるのだ！　同じ冒険者同士、助け合うのだ」

ロニィが自らの右手の二の腕を左手でガッチリ摑《つか》みながら勇ましくえくぼを作る。

ふと、路地裏の先に玄関を見つける。

「あれは？」

裏戸やら裏口やらはあったが、それは明らかに普段から出入りすることを想定した装飾が施されていた。玄関横にある何かが書かれた掲示板もここが正門だと示している。

「あ～……あれはマジックアイテムを作ってる獣人の溜《た》まり場《ば》なのだ」

ロニィが露骨に顔をしかめる。

「へぇ、面白そうじゃないか。でもなんでこんなところに」

「あまり大っぴらに売れないからなのだ。マジックアイテムを作る獣人は結構いるけど、そもそもあれは弱いやつらが強いやつに媚《こ》びを売るために作っているものなのだ」

「媚びを売るって……。マジックアイテムは生活の質を上げてくれるし、戦闘にも役立つじゃないか。なんでそんなに嫌そうなんだ？」

「――ジード」

クエナが窘《たしな》めるように俺の名前を呼んだ。

こういう時は大抵、俺が言っちゃいけないことを言った時の声音だ。

「気にする必要はないのだ。獣人族はマジックアイテムが……いや、弱者が嫌いなのだ」

その顔には陰りや怒りがあった。

これは確かに聞いてはいけないものだったのだろう。

だが、ロニィはすぐにひょうきんな表情に戻った。

「ジードは獣人族の歴史をあまり知らないのだ？」

「ええ。この人は常識が結構欠けてるの」

「勉強中なものでな。粗相があったのならすまん」

「大丈夫なのだ。勇者を断る人族なんて粗相どころの騒ぎじゃないのだ」

「なるほど、それもそうか」

逆に考えれば獣人族領では無知のままでいられるわけだ。

ある意味では天国かもしれない。

そんなくだらないことを考えている俺の頭上に手刀が降ってくる。コツンっという小さな音が耳に届く。

「納得しないの。皮肉でしょ」

「すんません……」

お叱りを受けなければ調子に乗るところだった。

「ま、そんなジードがまたやらかさないように教えてあげるのだ」

マジックアイテムの店を横切る。

「──獣人族はかつて弱かったのだ」

それからのロニィの話は歴史を簡略化したものだった。

かつて獣人族は人族や魔族などと戦争をして疲弊していた。種族間の争いがピークに達した時、人族がマジックアイテムを活用し始めた。

『奴隷の首輪』『魔物寄せの水晶』……他にも数多《あまた》のマジックアイテムが使われた。

今では人族でも忌み嫌われている物ばかりだ。事実、禁止されてさえいる。

そして、それらは戦争中に獣人族に対して使われた。

だからロニィ達《たち》はマジックアイテムを嫌っているのだ。

同時にかつて獣人族の尊厳や自由、平和を奪った『弱さ』さえも。

もっと強ければ、マジックアイテムなど恐れるに足りなかったはずだ。弱者でさえ寛容に受け入れていたことだろう。

どうやら俺は知らないうちに根深い因縁に触れてしまっていたようだ。クエナが咎《とが》めた理由も今となってはわかる。

「そんなことで、あまり獣人族領では表立って『弱者』や『マジックアイテム』を擁護しない方がいいのだ。わかったのだ？　勇者を断ったとんでもないジード君」

「……うーん」

たしかに口にしない方がいいのだろう。

だが、引っかかる。

それらは決して悪くないのではないか、と。

マジックアイテムは便利だし、弱いところを受け入れてこそ人は進化するものだ。目を背けているだけでは何にもならない。

ふと。

そんな考えを口にするよりも先に問題が発生した。

『ガァァァァァ！』

オーガの雄たけびが複数聞こえる。

それらは獣人族の街の中にまで響いてきた。

「話はまたの機会にするのだ！　私は討伐に向かうのだ！」

そう言ってロニィが駆け出す。

どうやら依頼は突発的に始まってしまったみたいだ。

森にいるはずのオーガの一群が国都にまで侵攻してきたのだろう。ロニィが出向く手間が省けたといえばそうだが、街の獣人たちが危険だ。

「私たちはどうする?」

「行こう」

「ええ」

俺の答えを待っていたとばかりにクエナが頷《うなず》く。

◇

やはりオーガの集団は街にまで到達していた。

数にして三十四はいるだろうか。

「こんなところに来ているのか」

「オーガはAランクの魔物よ。強い力と多少の知性もある。けど場所が悪かったわね。ここは獅子族の住まう場所よ」

護り手らしき獣人族だけではない。一般の住民までもが参戦している。その中にはロニィの姿もあった。

三メートルはあろうかというオーガの巨体をものともしない。

着実に一匹一匹を体術で仕留めている。

一見すれば問題なさそうな状況だが、気がかりなことがあった。

「……だれも救助活動をしていない？」

「そうみたいね」

「――……！」

まさに今も一人の少女が襲われそうになっていた。

オーガにとっては自分たちが蹂躙《じゅうりん》される傍らで、ようやく見つけた弱者。にたりと笑みを浮かべて丸太を握りやすくしたような形の棍棒《こんぼう》を振り上げた。

少女は腰を抜かしているようで尻もちを付いたまま動けていない。

大丈夫。間に合う。

冷静に対処する術《すべ》を思い浮かべながら、俺は駆けていた。

「壱式《いちしき》――【一閃《いっせん》】」

オーガの胴体が真っ二つになる。

そんなおぞましい光景を少女に見せるわけにもいかず。俺は少女の前にオーガを覆い隠すように立った。

「大丈夫か？」

すっかりおびえ切った目をしている。

耳と尻尾を見る感じ、獅子《しし》族の少女だろう。

「す、すごい……」

オーガの姿を遮ってはいたが、少女は俺のやったことには感づいたらしい。

「ここは危ない。行こう」

少女に手を差し出す。柔らかく小さな手が受け取る。

ひとまず少女を抱えながら安全な場所に向かう。この子を頼む。クエナの下だ。

「ほかにも襲われている人がいるみたいだ。あと何人か連れてくるかも」

街の中心にまで行って戻ってくる時間が惜しい。

となるとオーガを相手に獣人を守りながら戦えるのはクエナしかいない。

「私がお守りってわけね。行ってらっしゃい」

腰に手をあてながら、しょうがなさそうにため息交じりに了承してくれる。

それから——誰もしない救助活動をクエナと二人で行った。


オーガの襲来を退けると、街の復旧作業が早い段階で行われた。

護《まも》り手は逃げていったオーガたちを追いかけている。作業は街の住民ばかりで行っているようだ。

「た、助かりました。ありがとうございます」

救助した獣人の中から代表して兎《うさぎ》の耳を持ったふくよかな男性が前に出てきた。オーガの侵攻で丸メガネが少し欠けている。

「ああ、気にしなくても大丈夫ですます――……平気だったか？」

慣れない敬語を使おうとして失敗する。

まだ練習が必要そうだ。

男がマリンキャップを取りながら笑みを浮かべる。

「おかげさまで家族全員が無事です。私はビクタン、そこの商店でマジックアイテムを売っています」

オーガによって壊されかけた街並みの一部を指しながら言う。

マジックアイテム……か。

「俺はジードだ。冒険者をしている」

「ええ、よく存じ上げております。もしお困りの際は私共にお手伝いをさせてください。力はありませんが、マジックアイテム関係のお話であればご協力いたします」

ビクタンはそう言うと頭を軽く下げてから立ち去って行った。

俺のことを知っていても嫌っている様子はなかった。

他の獣人たちも俺に頭を下げると復旧作業に取り掛かりに行く。

そして最後に一人だけ残っていた。

最初に助けた獅子族の少女だ。

「どうした？　家族は？」

「……」

なにか迷いのあるような目が、たまに俺のほうを見てくる。

それが何か決意に変わるようなこともなく、無為に時間だけが過ぎていく。

仕方ないので誰かに預かってもらおうと思い――

「ジード」

ロニィが戻ってきた。

「オーガを追いかけなくていいのか？」

「あれは功績が欲しい連中にやらせるのだ」

「功績なら街の復旧を手伝えばいいのに……」

クエナがオーガによって一部壊滅させられた街を見ながらぼやく。

そんなクエナの意見とは裏腹に、ロニィは首を左右に振る。

「そんなものは何の足しにもならないのだ。――だから聞きたいのだ。なぜ弱者を助けたのだ？」

ロニィが獅子族の少女を一瞥《いちべつ》した。

「助けるのに理由がいるのか？」

「本能的には私も助けたい気持ちはある。それはごもっともなのだ。でも、やつらを助けるくらいなら力を示した方がジードの評価も改善されたのだ」

「人の評価も大事だが、人を助ける方が大事だ。優先順位が違う」

「弱者を助ける方が大事？　結局ここでの立場はそのままなのだ。彼らに影響力なんてものはないのだ」

「いいや、意味はある」

「ほー。是非とも教えて欲しいのだ」

「彼らは腕っぷしの強者や弱者でいえば弱者だろう。けれど、腕っぷし以外では俺達が負けていることだってあるんじゃないのか。少なくとも俺にはマジックアイテムなんて作れない。今一瞬の評価よりも、今後のために彼らとは手を取り合うべきだ」

俺が文明に触れて真っ先に思ったことだ。力だけで生きてきた禁忌《きんき》の森底《しんてい》とは大きな違いがある。

「ふふん、それは分かるのだ。けどこれはどこに価値を置くかの違いなのだ。マジックアイテムはたしかに便利なのだ。けども力には劣る。実際にオーガの侵攻を食い止めたのは力なのだ」

「だからこそ助け合って食い止めるべきだろう」

「じゃあ街を守るマジックアイテムでも設置しておけば良かったのだ？　でも彼らは作らなかったし、必要なら彼らが作るべきだったのだ」

「そ、それは設置を考えても魔物が邪魔してくるから――！」

獅子族の少女が間に入ってくる。

「じゃあ依頼をすればいいのだ」

「むりね。これだけの規模を護るためのマジックアイテムを一から作って設置するとなると、お金も人手も彼らには足りなすぎる」

投げやりなロニィの言葉にクエナが反論する。

「つまり、そんなことすらできない、弱者にはその程度の価値しかないということなのだ。本当に助けるべき価値があるなら最高戦士や護り手が直々に動くのだ」

「強さという価値観で語るなら今やマジックアイテムは戦場でもよく使われている。人族では戦局を変えるほどの働きを見せているし、良い道具を上手《うま》く使える人なら『賢者』クラスの働きができると聞いているわ。そもそも一つの視点で語れるほど簡単なものでもないでしょ？」

「……ふむ」

クエナの言葉にロニィが押し黙る。

さすがの聡明《そうめい》さだ。クエナの機嫌が悪くなるだろうから言えないけど、やはりルイナと同じ血が通っているだけあって似ている部分がある。

『ガァァァァァアアアッッ!!』

オーガの咆哮《ほうこう》。

さっきの兎族の男性たちが襲われている。

まずい、見逃してしまっていたか。物陰に潜んでいたようだ。探知魔法を使えばよかった。そんな反省を反芻《はんすう》しながら足に力をこめる。

だが。

俺よりもはやくロニィが動いていた。

オーガが軽く蹴り上げられる。宙を舞う巨体がロニィの更なる一撃で地面に叩《たた》きつけられる。

「まぁ、たしかに。ジードやクエナ、それからセネリアの言うことにも一理あるのだ」

ロニィがニカッと屈託のない笑みを浮かべる。

過去のしがらみは一切消えたと言わんばかりの柔軟な対応だ。器の大きさを感じさせる。

それからロニィはオーガを抱えて街の外れに向かっていった。街の復旧に邪魔だからだろう。

「……ん？　セネリア？」

ふと、気にかかる名前が出てきた。

しかし疑問を口にするよりも前に、隣から声がかかる。

「私の名前です。セネリアと申します」

大きな瞳が俺を見上げる。

獅子族の少女――セネリアというようだ。

「なんだ。ロニィとは知り合いだったのか」

「正確には兄の知り合いですが……」

「おお、そうだったのか」

なんとなく顔なじみのような気安さがあったので違和感があった。それにしてはお互いに敵意があったようなので、仲が良いかは議論の余地があるだろう。こんな幼い子供とSランクの冒険者が嫌悪し合っている理由が気になるところだ。

「家は大丈夫そうなのか？」

「はい、おかげさまで無事でした。私の家はもっと中心部のほうなので……」

「なるほどな。それじゃ、はやく帰った方が良い。さっきみたいに潜んでいるオーガがいないとも限らない」

「そうですね……わかりました」

なにか言いたげな様相だったが、セネリアは素直に頷《うなず》いた。

「さて、クエナ。帰るとするか。また成祭《せいさい》が終わる頃に戻ってこよう」

「そのことなんだけどね。私たちは残っても良いんじゃないかしら」

神妙な顔つきでクエナが提案する。

「どうして？」

「一週間程度しかないのなら往復の移動だけで時間が取られちゃうわよ」

「転移が使えるぞ？　距離があるけど俺とクエナの二人ならムリじゃない。さすがに魔力の限界があるから連発はできないけどな」

「ほかにも理由があるわ。さっきのロニィの成祭《せいさい》の話を聞いて思ったんだけど私たちも手伝えるんじゃない？」

「手伝える？　トーナメントの参加はムリじゃないか？」

人目に付くことさえ憚《はばか》られるだろう。

もしもロニィと一緒に戦ったらブーイングの嵐に違いない。観客が乗り込んできそうな気がするほどだ。

「トーナメントじゃないわ。投票のことよ」

「ああ、でも肝心なのは実力なんだろ？」

「いいえ。投票なら一時の戦闘の結果で決まるものじゃない。投票させる意図は『護り手』に相応《ふさわ》しいかどうかを獣人族の人々が見定めるためだと思うの」

「ほーん？」

クエナの説明は難しくて頭がぽわんぽわんだ。

どうやら察してくれたようで、クエナが額を抑えながらかみ砕いて教えてくれる。

「単純な強さだけを測るのなら客観性を取り入れる必要もないわ。だからこそ最高戦士は一番強い人で決まるわけ。でも今回は『護《まも》り手』を決めるためのものだとロニィが言ってたわよね」

「ああ、護り手になれるのも報奨の一つだって言ってたな」

「戦わせるのに投票させるということは、普段の態度や仕事ぶりが投票に大きく影響するんじゃないのかしら？」

「人格的なものも評価されるってことか？」

「獣人族で人格が評価されるかは怪しいところだけど……感覚としては似たようなものかしらね」

仕事や普段の行いも鑑みて、護り手になるか決めるってことなんだろう。そういえばロニィも言っていたことだ。

死人を出さないためだけのルールではないとクエナは見ているようだ。

「なんとなく分かったけど、それがどうしたんだ？」

「チャンスってこと。私たちがロニィを手助けできるポイントよ」

クエナの瞳がキラリと輝く。

なんだかノリノリな様子が可愛《かわい》い。

「……っと、その前に泊まる場所を探さないといけないわね」

クエナが空を見上げる。

夕日が傾き始めている時間帯だ。

もうそろそろで暗くなる。

「泊まる場所か。どうすっかな……」

獣人族領に留《とど》まる理由はまだはっきりしないが、クエナの言うことだから疑いようはないだろう。何かしらの手立てがあるということだ。

ならば残るしか選択肢はない。

そうなると先に泊まる場所を見つけなければいけない。なるべく陽《ひ》が沈む前に。

「ジード……また野宿するかもしれないわね」

「だよなー」

嫌われ者の辛《つら》いところだ。

国都オーヘマスに来た時のことを思い出す。かなり視線が痛かった。あれは宿に泊めてくれる雰囲気ではない。

どこかに大金を払えば泊めてくれるような場所もあるかもしれないが、それを探すだけの時間はおそらくないだろう。

やっぱり転移して王都に戻るのも一つの手か。

「あ、あの。私のお家《うち》でよければいらっしゃいますか？」

うぉう。セネリアだ。

まだいたのか。と言っては失礼か。

しかし、てっきり帰ったものだとばかり思っていた。

「いや、さすがに世話になるわけにはいかない。迷惑をかけたくはないからさ」

「迷惑だなんてそんな！　助けていただいたご恩をお返ししたいだけなんです！」

熱の入った言葉でグイッと前に出てくる。

「……うーん」

「良いじゃないの。泊めてもらいましょう」

迷惑をかけたら悪いし、なんて思っていた俺にクエナが横から賛同してくる。さすがに何日も野宿はしたくなさそうだ。

「ええ、ぜひ！」

にっこりと微笑《ほほえ》むセネリアに、俺はきっぱりと断ることができなかった。

「それじゃ、頼む」

◇

大きい。

セネリアの家を見た時に抱いた感想だった。

中に入ると外観以上の奥行きを感じた。

「どうぞ、ゆっくりしてください」

ニッコリと微笑まれる。

クエナのクゼーラ一等地の家も凄《すご》いが、単純な大きさでいえばセネリアの家は二倍くらいある。

「なぁ、セネリアの両親ってなにをやってるんだ?」

「両親は共に他界しています……」

「……すまん」

「いえ、私が物心つく前の話ですから」

あまり気にしていない様子で遠慮がちに言ってくる。

「それにしても大きい家ね。踏み込みすぎだったら申し訳ないんだけど、遺産だとしても普通じゃないわよ?」

クエナが不躾《ぶしつけ》な問いかけをする。しかし、それは彼女も承知のうえで招いているだろう。

仮にクエナが聞いていなければ、俺が聞いていたところだった。

安心して泊まるためにも事情は把握しておきたい。

「うちは代々、最高戦士を輩出している家系で。私は全然強くないんですけど……」

そういう事情か。

人族でいえば貴族のようなものだろうか。

それに、とセネリアが付け加える。

「兄が護り手なんです。私なんかとは違って、とても強くて優秀で」

そう言うセネリアは自慢気だ。

ふと、点と点がつながる。

「なぁ……セネリアの兄ってさ——」

「——おまえら、なんでここにいる？」

敵意と殺気の入り混じった気配が背後から漂う。

振り返るとツヴィスが立っていた。

「あ、お兄ちゃん。あのね、この二人は……」

「……おまえは黙ってろ」

ツヴィスからセネリアに鋭い視線と言葉が投げかけられる。

本当に兄妹なのか疑念が浮かぶほどの冷たさだ。

「寝泊まりさせてくれるっていうから来ただけだ。喧嘩《けんか》をしに来たわけじゃない」

「あ？　おまえらなんかを？」

「お兄ちゃん……ジードさん達《たち》は私をオーガから助けてくれたの。その二人が困っているみたいだからお礼をしたくて。お願い！」

「なに？　いや、でも、こいつらは」

「私を助けてくれたんだよ？　困ってるんだからお互い様だよぅ！」

セネリアが瞳を潤わせて懇願している。なんだか、わざとらしさを感じる仕草だ。

兄のツヴィスはかなり動揺していた。

「……ちっ。一泊だけだぞ」

妹の願いに根負けしたようだ。

愛想悪く舌打ちをしながら自室らしき部屋に入っていった。

あまり俺達と同じ空間にいたくなさそうだ。

「ん？　泊まっていいのか？」

「みたいですね」

なんだか意外なまでにあっさりと済んだ。

ツヴィスが相手だから追い出される覚悟はしていたのだが。

表面上は辛く当たっているように見えたが、妹にはかなり甘いらしい。

「それじゃ、お部屋に案内しますね」

セネリアが俺たちに微笑む。さっきまで涙目でツヴィスに迫っていた姿はどこへやらだ。

それから部屋に案内される。

「客室は二つご用意できますけど、一つでいいですよね？」

「「え？」」

セネリアの無邪気な問いに素で聞き返してしまう。自然とクエナと声が被《かぶ》って気まずい間ができあがる。

それから一瞬クエナと見合う。クエナの顔が真っ赤になっている。

「ふ、二つじゃダメか？」

「そ、そそ、そうね。二つでお願いしたいんだけど」

「あれ？　てっきりお付き合いされているのかと……すみません！　こっちの部屋とこっちの部屋を使ってもらえれば大丈夫ですから」

セネリアが隣り合った部屋を手でさす。

すごい勘違いをされていて……ちょっと気まずい。

「「は、はい……！」」

また声が被った。

それからクエナと別れて部屋に入る。

（広いな）

インテリアも充実している。

嫌み抜きで、よほど金を持っているらしい。

荷物をまとめる。とはいえ便利な携帯用のものばかりなので時間はかからない。

しばらくしてドアがノックされる。

「入ってくれ」

「うん。荷物の整理終わった？」

「終わったよ。そっちに行くつもりだった」

「そ。ちょうど良かったわね。それじゃあ今後の予定を話そうかしら」

クエナが適当な椅子に腰を下ろす。

俺もそれに倣う。

「おそらく、私たちが手伝えばロニィを勝たせることができる。一番が投票で決まる成祭《せいさい》はつまり『選挙』のようなもの」

「せんきょ？」

聞き慣れない言葉だ。

「神聖共和国の大統領を決める手段として用いられる国民の投票よ」

「ほー」

大統領ってのは、たしか……そうだ。国の主導者だ。王族や貴族とは違い、平民からでも成れるもの。

「単純な勝ち抜き戦だけで決まらないのならロニィに票が集まるよう仕向ければいい。今日のオーガの襲撃で力のない人が虐げられているような状況見たでしょ？」

「ああ、ひどいもんだった」

「きっと、獣人族でいう『弱者』って人たちも同じことを考えてるはず。ならロニィに彼らを助けるよう言うのよ」

「助けるっても、どうやって？」

「……狙い目はマジックアイテムの販売製造に従事している人かしらね。彼らを認めてあげるの。マジックアイテムの製造は有意義なものだって。だからこそウィンウィンの関係を築くためにあなたたちを守るって。ロニィは実力者でSランクの信用もあるだろうから実績をつくらなくても一言あれば十分よ」

「ふむぅ」

そういえばロニィも言い合いになってもなんだかんだで全ては否定はしなかったな。もしかすると可能性があるのだろうか。

俺としても聖剣が戻ってくる可能性が高まるなら試したい。

「クエナが言うのならやってみる以外の手はないな」

「決まりね。ひとまずロニィに打診しなくちゃ」

「ああ、そうだな」

クエナが冒険者カードを弄《いじ》っている。どうにかしてロニィと連絡を付けようとしているのだ。

おそらく明日にでもロニィと会って話すことができるだろう。

（……）

自らの冒険者カードを取り出す。

未《いま》だ依頼とキャンセルが繰り返されている。

俺や周囲への実害がないだけマシだが、あまりにも幼稚だ。

しかし、気になっていることがあった。

（違うか……）

ちょこちょこ依頼されては取り消される。

依頼者の名前は見ることができない。しかし――依頼されてから取り消されるまでの短い間であれば見ることができる。

正直、イタズラをしてくる依頼者の名前なんて覚えるつもりはない。だから意識して確認しようとしたことはない。

しかしながら、イタズラが今のように激しくなる前は依頼者の名前をしっかりと確認することがあった。

「……――セネリア」

再確認するように口にする。

「どうしたの？」

どうやら聞こえてしまっていたようだ。

クエナが不思議そうに俺の顔を覗《のぞ》いてくる。

「実はさ、セネリアの名前を聞いた時、ちょっと引っかかったんだ」

「引っかかった？」

「ああ。俺に何度も依頼をしてはキャンセルをしてきたやつの名前だ」

クエナがすこし意外そうに片方の眉を吊《つ》り上げる。

それから小首を傾《かし》げた。

「イタズラってことよね？」

「おそらく」

「名前が同じってだけじゃない？」

「その可能性もあると思う」

「きっと、そうよ。あんな律儀な良い子がお金をかけてまですることかしら」

「実際している奴《やつ》らもいるからな……ほら」

クエナに俺の冒険者カードを見せる。

ドン引きクエナが顔をしかめた。

「うわぁ……まだこんなに……」

なんだかんだ気苦労は多い。

正式な依頼は勇者を断ってから一回も来ていないが、緊急性を伴うものもあるので通知はくまなくチェックしているのだ。

冒険者として怠って良いことではない。

「気を付けなさいよ、セルフ・ブラックってやつ。自分で自分を過酷な労働に追い込んだらギルドに来た意味ないじゃないの。一番大事なのはあんたの身体《からだ》と精神よ」

言われてハッとする。

そういえば、また仕事に対して気負いすぎているようだ。

クエナは本当によく俺のことを見てくれている。

「そうだな。クエナ、ありがとう」

「うん。ここでジードに倒れられたら元も子もないしね」

にっこりと微笑《ほほえ》む姿はとても愛らしく。

俺の感情の全てが塗りつぶされてしまいそうで。

「なぁ――」

言いかけて、止まる。

うまく言葉が紡げない。

「どうしたの？」

不審な態度をしていただろう。自分でもよく分かる。

「いや、なんでもない」

誤魔化すように笑う。

クエナに抱いている気持ちがある。

でも、どういう言葉をかければいいのか。

わからない。

「ふーん。ま、いいけど」

クエナが訝《いぶか》しがりながらも仕方なく納得する。

こんこん、とノックが入る。

「はい、どうぞ」

「失礼します。お風呂とごはんが出来たのですけど、どうしますか？」

セネリアだった。

その日は何事もなく、彼女から歓待を受けるのだった。ただ、ツヴィスは部屋から出てこず、顔すら合わせることがなかった。

第三話　依頼はひとつ

朝。

騒々しい気配に目が覚める。

気配だけで、大した音はしていない。戦闘は起こっていないから安全だろう。だが、俺の本能が警鐘を鳴らして止《や》まない。

部屋から出る。

気配を辿《たど》っていくと広々とした玄関に辿り着いた。

どうやらツヴィスと数人の男が会話をしているようだった。

「いいか、必ず勝てよ」

鼓舞ではない。

むしろ脅すような口調だ。

「分かってるよ。わざわざ釘《くぎ》を刺しに来るなって」

「これ以上、獅子《しし》族の面目を潰すわけにはいかん。おまえの父上も嘆いておられる」

どうやら剣呑《けんのん》な会話をしているようだ。

あまり聞いてはいけないような気もするが、つい気配を隠して耳を傾けてしまう。

「必要なら殺す。ロニィは間違いなく邪魔な存在だろう」

そう口にしたのは。

最高戦士の隣にいた男だった。

以前ツヴィスに厳しい視線を送っていたやつだ。

「やめてくれ。俺は正々堂々と……」

「ああ、おまえが勝てばいい。最高戦士になれるのだと証明しろ」

ツヴィスの肩に手が置かれる。

期待の表れか。

いいや、あるいは——

印象的だったのは、嫌悪に塗《まみ》れているツヴィスの顔だった。

「……おまえらにそれを言う資格なんてねえだろ」

吐き捨てるように、ツヴィスが口にした。

一斉に周囲が殺気立つ。

「なんだと？」

ツヴィスが腹を立てた自分に目を見開いて驚く。

だが、しばらくして落ち着いたように口を開いた。

「オイトマなんかに負けたやつらが二度と来るな。邪魔なだけだ」

開き直った口調だった。開き直っているからこそ、それが本音であると話し相手も理解したようだ。

「きっ、貴様ァ！」

侮辱された男たちがツヴィスに殴りかかる。

ツヴィスを囲んでいる男たちは手練《てだ》れだ。

さすがにマズいな。

飛び出そうとして、いつの間にか背後にいたクエナに肩を摑《つか》まれる。

「待って。あれは『護《まも》り手』の連中よ。ツヴィスと向かい合ってるのは実質ナンバー2の獅子族。たしかロゲスとかいうやつ」

「だが……」

「大丈夫。彼らも無理はしない」

ツヴィスは黙って殴られるままだった。

それから満足したのか、ロゲス達《たち》は地面に倒れ込むツヴィスを見下ろしてから舌打ちをした。

「いいか。二度と生意気な口を叩《たた》くな」

「……」

しかし、ツヴィスは依然として睨《にら》みつけている。

「分かっているのか。最高戦士になれることを証明しなければセネリアをいただいていく。おまえ達の血脈は貴重だからな」

「妹には手を出すな！」

「だから分かっていればいいんだ」

ツヴィスの荒々しい声と、ロゲス達のあざける声が響く。

絶対に手を出してこないとわかっているのか。

それだけ実力に差があるのか。

だが。

ロゲス達の予想に反してツヴィスの手が伸びた。

「勝つって言ってんだろうが！」

鈍い音と共にロゲスが吹き飛ぶ。

ツヴィスがひとり、男たちと小競り合いを始めた。

自然と足に力が入る。

「ダメよ。彼らはいわば王族みたいなもの。それにツヴィスは彼らにとっても大事な次期最高戦士だから殺したり再起不能にしたりなんかは――」

「――すまん」

クエナの手を振り払う。

一方的に殴られるツヴィスの正面に立つ。

ロゲスの打撃。受け止める。その威力は人に向けていいものではなかった。

「な、なんだ貴様……！」

「やめとけ。良い大人が複数で殴り掛かるなんてみっともない。それに脅しも」

「ジード……！　おまえ！」

ツヴィスが背後から声をかけてくる。

振り返って見てみると、意外そうな顔をしていた。

「ジード？」

ロゲスが俺の顔を見る。頭のてっぺんから顎の先まで。舐《な》めるように確認してきて気持ちが悪い。

「ああ、あの勇者を断ったとかいう臆病者か。恥知らずのゴミ。そういえばオーヘマスに来ていたな」

「……」

「おまえ、どうなっても知らんぞ」

ギロリとすごんでくる。

迫力も威圧感もある。だが、それ以上に不快感が勝った。

「……」

「…………ちっ」

一歩も引かない姿勢を見せると、ロゲスが舌打ちをしてから踵《きびす》を返した。

「怖くて固まったようだ。今日はここらへんで帰るとしよう。発破を掛けに来ただけだしな」

へらへらと笑いながら男たちが扉に向かう。

それからロゲスは振り返ってツヴィスに言った。

「かならず勝て」

「……わかってる」

念押しか。

彼らの思いがどれだけ強いかは伝わってくる。その手段が強引であったのも含めて。

ロゲス達が去った後は重苦しい空気だった。

「なーにやってんのよ」

クエナが手刀で頭を叩いてくる。痛い。

本来なら、こんな争いには参加しない方が良かったのだと言いたいのだろう。

けど、こっちにもちゃんと反論する用意はある。

「ちゃんと手は出さなかったぞ？」

「そこは偉い。でも完全に喧嘩《けんか》を売っちゃったからね」

「……むぅ。でもクエナだって殺気立ってたし、実は手を出す気満々だったろ？」

「そりゃジードが喧嘩になれば加勢するに決まってるでしょ」

「にへへ……ありがとう」

思わず変な笑みがこぼれる。

少し照れたような顔でクエナがそっぽを向く。

「おい、夫婦。さっさと出ていけ」

「夫婦じゃないが!?」

「そうよ!?」

セネリアの時より更にランクが上がってしまった。

「どうでもいい。はやく消えてくれ」

ツヴィスは浮かない表情のまま、また部屋に戻ろうとした。

「待ちなさいよ。礼のひとつでも言ったらどうなの？　ジードは身を呈して助けたのよ」

「……ああ、悪かったな」

ツヴィスが目を合わせようともせず、そんな言葉だけを残して部屋に戻ろうとする。

どこか俺に後ろめたさを感じているような姿に違和感を覚えた。

「なぁ、聖剣をどうするつもりなんだ？　聖女に――スフィに返すって言っても、それだけが目的じゃないだろ？」

「勇者に……なりたい。そのために聖剣は使えるだろう？」

「使えるか？」

「どうだろうな。勇者を断った前例がない。だから新たに勇者になるための前例を作るしかない。それに聖剣が使えるかもしれないってだけだ」

　ツヴィスが鼻で笑う。

　それは誰に向けたものでもない、ただの自嘲だった。

「勇者になってどうする？　あんなのただ面倒なだけっぽいぞ？」

「戦士なら誰にでも勇者になりたいって憧れはある。俺だってその一人だ。けど、今はそれだけじゃない。勇者で最高戦士だったら誰も逆らう気なんて失《う》せるだろ？」

「あのロゲスとかいう奴《やつ》らを抑えたいのか？」

「まぁな。そのためには力も名声もいる。悪いな、本当に」

　それだけ言うとツヴィスは自室に戻っていった。

　初対面の悪印象とは対照的に、素では悪いやつに思えなかった。

（きっと妹を守るためなのだろう）

　セネリアは強そうには見えない。実際そうなのだろう。オーガに襲われていた時だって逃げることすらできなさそうだった。

　きっと根は悪い奴じゃないのだ。

彼の本当の願いは聖剣でも勇者でもなく、妹。

「ジード。余計なことは考えないでよ」

「……う」

「私たちの目的は聖剣よ。ツヴィスに協力なんてできないからね」

「わかってる……わかってるけどさあ」

何というか涙がこぼれそうだ。

クエナに泣きついてしまいたくなる。

目的は聖剣だ。それはそうだ。ツヴィスに渡すわけにはいかないのだ。だからロニィを勝たせなければいけない。

そうなるとツヴィスはどうなる？　セネリアは？

「まずは聖剣を取り返してから。この問題はその後で良いんじゃない？　私も付き合ってあげるから泣かないで」

「うぅー……すまんー……」

クエナの温情に涙が止めどなく滝のように流れる。

そんな会話をしていると、

「あれ、お二人とも行かれるんですか？」

セネリアが声をかけてきた。

半開きの眠たそうな目をこすっている。

「すまん。起こしたか？」

「いえ、ちょっとだけ騒がしいなと思ったんですけど、ジードさん達の声じゃなかったような……？」

寝ぼけている様子だ。

だが、ロゲスとツヴィス達の会話は微《かす》かながら聞こえていたのかもしれない。

「まぁ色々あってな。俺達もそろそろ行くか？」

「ええ。ロニィとの約束にはちょっと早いけど、良いんじゃない？」

「ロニィさんと？　なにかあったんですか？」

「うん？　いやまあ、ちょっとな」

詳しい事情は説明しづらい。

ロニィを応援したい。今度の成祭《せいさい》で勝たせたい。なんて言えるわけがない。それはセネリアの兄と正面から戦うことを意味しているのだから。あるいは既に察しているかもしれないが。

「あの。私、実はジードさんに何度か依頼を出したんです」

「……マジ？」

「あらら」

「待ってくれ。依頼してから、取り消したか？」

「はい。一回目は兄に『無様なマネはやめろ』と言われて。でも、どうしてもお願いしたくて二回目の依頼を出しました。けど、兄の言葉を思い出して取り消して……」

「それを何回も繰り返しちゃった、と。一体どれくらいの費用がかかったんだ」

「えぇっと。金貨三枚分くらいだった……と思います」

いや相当な額じゃないかそれ。

たしか普通の市民が一年遊んで暮らせるのがそれくらいじゃなかったか？

子供ながらに金銭感覚が崩壊している……

「あの、ご迷惑だったですよね……すみません」

「いいや。むしろ良かったよ」

「良かった？」

「うん。実は依頼関係で色々と大変なことになっててさ」

なんて、イタズラのことをセネリアに話しても罪悪感を与えてしまうかもしれないな。

このことは伏せておいた方が吉だろう。

「こいつも勇者を断ってから色々と大変なのよ。察してあげて」

「お、おぉー……」

いよいよイタズラは昨晩で百件を超した。

どこぞの王族だか豪商だかの暇を持て余した富豪たちが面白半分にやっているのだろう。おかげで俺の方は何もせずとも冗談ではないくらいの収入になっている。彼らからしてみても安全に憂さ晴らしをできるなら安いくらいなのかもしれない。そう考えると少しのほほんとする。

「それで、お願いってなんだ？」

「兄が成祭《せいさい》で勝つように……手伝ってもらえませんか？」

――聞くべきじゃなかった。

そう言ってはセネリアに悪いだろう。

だからといって、決して曖昧にごまかすことができるものではない。

この『お願い』は叶《かな》えてあげられない。

「すまない。俺はロニィを勝たせるつもりだ」

「――……です、よね。そんな感じがしてました」

きっと、だから聞いてきたのだろう。確認するために。

彼女自身も期待はしていなかったのかもしれない。さほど落胆はしていないようだった。

どちらかというと予想通りであったことに対して残念に思っている感じだ。

「なんでツヴィスを勝たせたいの?」

クエナが尋ねる。

身内に勝ってもらいたいのは当たり前だろう。しかし、セネリアがツヴィスのことをどれだけ知っているのか気になったのかもしれない。

「とても辛《つら》そうだからです。いつも親戚のおじさん達《たち》に囲まれて、たまにボロボロになって帰ってくるんです。前はよく笑っていたのに……」

その表情は辛そうだ。

『お願い』を断った手前、とても直視なんてできない。

かなり心が痛む。

「悪いが、それでも成祭《せいさい》は勝たせてやることはできない」

「はい、わかっています。無理は言いません」

セネリアが裾を強く握りしめる。

悔しさを我慢するように。

「大丈夫よ。こいつ、なんだかんだで手伝ってくれるから」

「本当ですか!?」

「うん」

クエナがセネリアの頭を撫《な》でる。

「お、おいおい」

なんとか力添えしてやりたい。その気持ちはたしかにある。しかし、成祭《せいさい》に勝たせてやれないのは事実だ。

変に期待されても困る。

「だから、あなたは安心して家にいなさい。それから……気軽にお金を使うのはやめなさい。ツヴィスとかに許可をもらわないとダメよ？」

さすがのクエナもそこは窘《たしな》めた。

セネリアのような子供が金貨三枚分は使いすぎだ。

もう少しきちんと監督してくれる保護者がいないと大変なことになるだろう。……彼女の家からすればそうでもないかもしれないが。

「はい、わかりました！」

クエナの言葉にセネリアが勢いよく頷《うなず》く。

彼女の感情を表すように尻尾がくねくねと嬉《うれ》しそうに動いていた。

それから俺とクエナはロニィと約束の場所で落ち合うため屋敷を出た。

◇

路地裏。

薄暗く、人通りも少ない。一日中、ろくに太陽の日差しが届いていないのだろう。じめじめとした湿気が肌にまとわりつく。

嫌われ者の俺がロニィと出会うには最適の場所だ。

「いいのか？　セネリアにあんなこと言って」

まだロニィが到着していないようなので、先の一件をクエナに尋ねる。

「どうせ、そのつもりだったんでしょ？　それに、セネリアに傷ついて欲しくなかった、かな。一宿一飯の恩があったから」

「それは俺も同じだな。でもやり方がわからない。ツヴィスを成祭《せいさい》で勝たせてやることは無理だぞ？」

「成祭《せいさい》で勝たせなくてもいいのよ」

「勝たせなくてもいい……？」

「そ。ロニィを勝たせた後にツヴィスの一件も一緒に処理するの。負けた瞬間にツヴィスとロニィの首が飛ぶわけでもないしね」

クエナが悪戯《いたずら》っぽく笑って、冗談半分に人差し指を口元まで運ぶ。どことなく小悪魔のような印象だ。

整った顔でそれをやられると胸がときめくので止《や》めて欲しい。心臓に悪い。

「なーにイチャコラしてるのだ。私はお邪魔なのだ？」

会話の最中、ロニィが現れた。

なんだか獣人族領に来てから変に茶化されることが多いな……

「いいえ、ロニィ。あなたに提案があるの」

クエナが笑みを作って迎える。

興味深そうにロニィが笑みで応じる。

「ほー。是非聞きたいのだ」

ロニィが俺たちの下にまで来て、壁に背をもたれかけた。それから狼《おおかみ》の耳をピクピクさせながら傾けてきた。

「あなたが成祭《せいさい》で獲得できる票を増やす方法を知っているわ」

「ふむ？」

「あなた達の『強者優位』の思想に不満を持っている人たちに手を差し伸べなさい」

「不満？　そんなやつら獣人族では見たことないのだ」

「……本気で言ってるんだから凄《すさ》まじいわね。じゃあマジックアイテムを作っている人たちは満足していると思う？」

「そりゃそうなのだ。強者の庇護《ひご》下にあるのだから満足以外にないのだ。不満なら別の場所に行くのだ」

なるほど。

ロニィ達の現状の認識がクエナの想像とはズレているようだ。だが、実際にはどちらが正解なのか判断つくものだろうか。

たしかに普通ならクエナの考えが正しいように感じるが、ここは獣人族領だ。人族とは違う考え方が根付いていてもおかしくない。実際にロニィとは俺もズレを感じる。

なんて考えているとクエナが紙を取り出す。

「そう言うと思ったわ。実際に一部はそうかもしれないけれど、ひとまずこれを見て」

「なんなのだ？」

「私の提案が正しいと思う根拠よ。実際に獣人族領から人族の領土に拠点や住居を移した人々の数」

「ふむぅ。結構いるのだ」

「こういう数字を作る人もいないんでしょ、あんた達。昨日の夜、ギルドに問い合わせて何とかかき集めた資料で用意したものよ」

クエナは呆《あき》れたような眼差《まなざ》しだ。

数字の根拠となる資料は多い。色んな事例を薄く広くかき集めて来たのだろう。作るのに苦労したはずだ。

これを一晩って凄《すご》いな。

「それで、この不満を持ってるって層をどうするのだ？」

「あなたの支持者にするのよ。具体的には『最高戦士になったら弱者のために環境を整える！』とかね」

「それはむしろ護《まも》り手や強者側からの反感が来そうなのだ」

「強者側の獣人たちは貴女《あなた》の力で押さえつければいいじゃない。彼らもそうしたら従うでしょう？」

「ふーむ。一理あるのだ。でも、そもそも弱者は力さえ見せれば付いてくるのだ。まどろっこしいことをするだけの時間があれば自分を磨いたほうが良さそうなのだ」

「なら実際に私の提案のようなことを実行した人がいたの？」

「それは……いなかったのだ」

「強いのは一部だけ。力を誇示しているのは一握りだと思うわよ。獣人族で最も力を重んじる護り手だって数は少ないでしょ。強者の一票も弱者の一票も同じ一票。きっと私の言うとおりにしたら勝てるわ」

「うーん……でも………のだ」

すごい悩んでいる。

なかなかに衣服が包み込みにくそうなバストの下で腕を組んでいる。

ふと、疑問に思ったことを尋ねてみたくなった。

「そんなに悩むことか？　実際にやるか、やれるかは別問題だろ？　やれるなら行動してみてもいいんじゃないか？」

力を磨く、なんていつでもできるわけじゃない。敵と戦うシチュエーションや一日の疲労にもピークがある。それなら少しの間だけクエナの言うことを実行しても良いのではないだろうか。

「それはわかっているのだ。でも、口先だけになるのがイヤなのだ。私は言ったことはやり遂げたいのだ」

「ほー、えらいな」

「えへ。照れるのだ」

ロニィが赤面する。

「ロニィ」

クエナが真剣な表情で向き合う。

目に強い力がある。

ロニィもかなり視線を合わせづらそうに右往左往していた。

「な、なんなのだ？」

「あなたは強い。それは大陸中の誰もが認めている。なぜなら『Sランク』だから」

「ま、まぁ当たり前なのだ。えへ」

「だからこそ、あなたの発言は大きな影響力を持つ。この国都オーヘマスなら尚更《なおさら》に」

「うむ。その通りなのだ」

クエナにおだてられたロニィが厳粛そうに――実際は隠しきれない笑みに口元が緩んでいるが――頷く。

「なら、たとえあなたが実行に移さなくとも『弱者のための環境づくりをする』と宣言した時点で口先だけにはならないわ。その言葉に世間は必ず反応するはずだから」

「そう……なのだ？」

そうなのか？

正直、俺も疑問に思った。

「もしもロニィが実行に移さなくとも市井の人々の考え方が変わるきっかけになる。もっと環境を良くしてほしい、待遇を良くしてほしい、そう思っても良いんだ、とね？」

「たしかに、なのだ」

たしかに。

「仮に約束を守れなかったとしても実行しようとしたことを評価してくれる人はたくさんいる。ロニィはその書類に記された多くの獣人族を国都に連れ戻せる。そして、これから流出していくはずだった人々を留めおけるのよ」

「なるほど。そのとおりなのだ！」

クエナの昂然《こうぜん》とした口ぶりにロニィが頷いた。

たしかに説得力がある。しかも、上昇志向のあるロニィの性格に合致した言い方をしている。

それ以上に感じたのは、クエナには有無を言わさない権威的なオーラが備わっているということだった。

「それじゃ、私の言うとおりにやってくれるわね？」

「わかったのだ。なにをすればいいのだ？」

あっさりとロニィを丸め込めた。とんでもない話術と手腕だ。

獣人族の領地に来て、何度も思う。

クエナはルイナの妹だ。

きっと今とは立場が違っていても、クエナは上手《うま》くやっていたことだろう。

◇

オーガに襲われた街は復旧作業が進んでいた。手慣れているらしく、既に中心部に近い順から建物が直っていた。

俺達《たち》の目的の場所も問題なさそうだ。

「マジックアイテムの店なのだ？」

「ええ、獣人族で弱者とされている人たちの主要産業のひとつがマジックアイテム作製よ。しかも彼らは特に虐げられている」

「ふーむ」

ロニィの表情は険しい。

表通りに建ってはいるが、彼女からすれば——獣人族からすれば忌み嫌われるような場所なのだろう。

種族の血に脈々と受け継がれる歴史がその感情を呼び起こしているのだ。

「なぁ、はやく入らないか？」

店の前で佇《たたず》んでいるだけで視線が集まる。もちろん、俺に。

やはり勇者を辞退した俺に対する悪い印象は避けられないようで、このままだとロニィに悪影響が及んでしまう。

不意に。

「あ、あの、ジードさん」

声を掛けられる。

獣人族の人々が固まっている。

それぞれ手には何やら物を持っているようだった。

「……なんだ？」

警戒しながら問い返す。

戦闘は起こらないだろう。さほど強い獣人というわけではなさそうだ。

けれど、いきなり暴言を吐かれる可能性はある。

それ相応の覚悟をしつつ待っていると、彼らの次なる言葉は。

「――昨日はありがとうございました。これ、お礼です」

「俺からも受け取ってくれ。娘を助けてくれてありがとうな」

「私も！　ありがとうございました！」

ああ、そういう……。

花束やら魚やらが次々に俺の手元に運ばれてくる。

ついに持ちきれなくなって地面に置くしかなくなった。

「モテモテね、ジード」

「なんだか冷たい目線ばかりだったから嬉《うれ》しいよ」

予想していた態度とのギャップで涙腺が緩みそうだ。

そんなこんなで御礼《おれい》と物を受け取りながら、落ち着くまでしばらく時間がかかった。

「おや。騒がしいと思えば皆さんでしたか。どうかされたのですかな？」

マジックアイテムの店主――ビクタンが顔を出した。

「す、すまない。急に人が集まってしまって。ここにある物はなんとか片付けておくからしばらく時間をくれ」

気が付けばビクタンの店の前に物が散乱してしまっていた。

しかし、ビクタンがニッコリと笑みを浮かべてから店内に戻り、何やら取っ手のついた板らしきものを持ってきた。

その板は魔力をまとっている。

マジックアイテムだ。

「どうぞ、こちらをお使いください。重量が軽減されますよ」

「すまない、助かる。それからビクタン、話があるんだ」

「ふむ。私に？」

「と言っても俺じゃなくて二人からなんだが」

クエナとロニィに視線を配る。

なにやら察した風のビクタンが頷《うなず》いてから扉を大きく開けた。

「では、どうぞ中に。荷物を置いておく場所もありますから」

ビクタンの好意に甘えて、贈り物をまとめて中に入った。

店内は閑散としている……というわけでもなく、マジックアイテムの品々が埃《ほこり》を被《かぶ》ることなく、綺麗《きれい》なまま販売されていた。

今はまだ開店していないようだが普段は盛況のようだ。

「こんなものしかありませんが。それで、ご用件とは？」

ビクタンがお茶とお菓子を出してくれて、俺達は机を囲みながら座った。

敵意など持ち合わせていないのにビクタンは少し警戒気味だ。隣にロニィがいるからだろう。

「マジックアイテムを是非このロニィに見せて欲しくてね」

クエナが言う。

論より証拠ということだろう。先にロニィにマジックアイテムの凄《すご》さと、ビクタン達の有用性を伝えようというのだ。

「助けていただいたご恩もありますので全然構いませんが、何がご入用ですかな？」

「生活用から戦闘用まで幅広く」

「なるほど。では、まずは簡易式お風呂をご覧ください――」

それからビクタンは様々なマジックアイテムを披露してくれた。

一週間ほどの野宿でも快適に過ごせるお風呂場や調理器具。

荷物を圧縮して保有できるポーチ。

離れた時も安心な通信用のイヤリング。

どれも十分に実用的で利便性の高いものだ。

俺でさえ初めて見るものが多々あった。なんなら購入したくなったが、さすがに今はそんな空気ではないだろうと思い自重した。…………あとで買っておこう。

それから、結果的にロニィの関心はそこそこ引けたようだった。

「面白かったのだ。遠征が楽になっているのはおまえ達のおかげだったのだな」

「いえ、滅相もない。獣人族の技術はほとんどが人族の後追いですから」

「ふむ？」

「獣人族ではロクにマジックアイテムの研究ができません。それに蔑視の目もヒドい。心意気ある者たちは遠く離れて暮らし、細々と励んでいます」

ロニィが協力的と見るや、ビクタンが現状を伝える。『彼女ならば何とかしてくれるかもしれない』という希望を見出《みいだ》したのだ。交渉慣れしている。かなりの手腕だろう。獣人族で嫌われているマジックアイテムの店を、表通りに構えているだけはある。

「それは聞いているのだ。でも実際にこうして表通りにマジックアイテムの店は開かれていて咎《とが》めるものもいないのだ。不満はどの仕事にもあるし、文句を言っていたらキリがないのだ」

「表通りに店を開けているのは私だけです。ほとんどは路地裏か街の中心から離れた場所ばかりで。何より研究には費用が掛かります。獣人族はマジックアイテムを扱う仕事を下に見て関心を払いませんが、元々が素朴な生活を営んでいたぶん、暮らしを一気に便利で快適にしてくれるマジックアイテム自体の需要は高い。金脈があると分かっていながら、つるはしがない……それが現状なのです」

ビクタンは丁寧な口調で、ハッキリと語気を強めながら答えた。

人族の後追いばかりでは獣人族に適したマジックアイテムが作れないのだ。ビクタン達が作るものには限界があるのだろう。それは俺にでも分かることだった。

「ふーむ。戦闘用のマジックアイテムもあるって言ってたけど本当なのだ？」

「もちろんあります。地下に行きましょう」

ビクタンに連れられて階段を下りた先には、店内以上の広い空間が広がっていた。壁は石で頑丈に作られていて、さらに上から魔力でコーティングされている。見た目以上の頑強さがある。

おそらくここは試作品や完成品を試用する場所だろう。ここまで厳重であるのなら期待できそうだ。

「現在は火と水と氷、それから風の魔法を生み出すものが人気です。土や木で剣や槍《やり》を形成する魔法もありますよ。もっとも獣人の戦士は戦闘用のマジックアイテムなど買ってくれませんが……」

ビクタンの弱音など、ロニィの耳には届いていないようだった。それは無情ではない。彼女にとっての興味がマジックアイテムに集中しているからだ。

「一番威力のあるものが見たいのだ」

ロニィもビクタンもわかっている。ここが大事な場面だ。もしもロニィがマジックアイテムを有用だと判断したら、ビクタンが先ほどのような弱音を吐くことはなくなるかもしれない。それはロニィにしても願ったり叶《かな》ったりかもしれない。

「それではこちらを。《炎雷》という名のマジックアイテムです」

赤と黄の色合いをしたひし形のガラスのようなものだ。

それからビクタンは地下室に備え付けられていた木製の人形を指し示した。

「この人形の強度を確認してください」

「おー、良い素材なのだ。硬いのだ」

ロニィが扉をノックする要領で人形を叩《たた》く。

コンコンという軽快な音が響いた。

俺とクエナも念のため確認して叩く。たしかに硬い。おそらく大木を両断するよりも難しいだろう。

その様子を満足そうに見たビクタンが、木製の人形を離れて置く。

「私よりも前には出ないでくださいね。それから音が凄いので気を付けてください」

ビクタンがそう忠告すると《炎雷》を叩き割った。

粉々になった破片が手元に残る。

それらにビクタンが微量の魔力を注いでから空中に投げた。

瞬間。

けたたましい音が響き、炎と雷が混じり合った魔法が前方を襲う。

（木製の人形ならば一瞬にして消し炭というわけか）

原型は残っていない。

焼け焦げた黒い炭が悲鳴のような煙を上げているだけだ。

（なるほど。確かにこれは戦闘に使える）

発動させるまでにはタイムラグがあった。《炎雷》を粉々にしているのと、魔力を注ぎ込んだところだ。

しかし、あれは俺達《たち》のためにゆっくりと披露したのだろう。慣れてくれば普通に魔法を使う速度と同等になるのではないか。

肝心の魔法の質としてはBランクの上位からAランクの下位くらいか。あくまでも単発でしかないが、手練《てだ》れの中の手練れというレベルの魔法使いが放つものだ。しかも、これで使用した魔力はほんのわずかなのだから驚きだ。

「たしかにクエナが力説するだけはあるのだ」

ロニィが感心しながら言う。

それから前に出て、熱を帯びている炭を摘《つ》まむ。

「ただマジックアイテムはそんなに持てるとは思えないのだ。それに魔法はトリガーの役目も担っている『詠唱』があるけど、マジックアイテムは暴発して事故を起こしたらそれまでではないのだ？」

「ええ、その通りです。扱いは慎重に行わねばなりません。それに値段も少々……」

「要するに魔法が使えない人向けの道楽——と、昔の私ならば言っていたかもしれないのだ。しかし、視界は広く持つべし。遠くを見るべし。なのだ」

ロニィが顎に手を当てる。

それからしばらく考えたのち、ビクタンに問うた。

「人族のほうがマジックアイテムを使えているのだ？」

「ええ、とても。噂《うわさ》によると今回女神様に選ばれた賢者様は魔法には長《た》けていないそうです。その代わり、マジックアイテムを駆使して戦闘を行うと聞いています」

俺も初耳だ。

未来的な戦い方というべきか。……あれ、俺もマジックアイテムを練習しておいた方がいいのか？

「賢者……人族には《炎雷》以上のマジックアイテムは存在するのだ？」

「《炎雷》は私が作った模造品のようなものです。かつて人族領で直《じか》に見たマジックアイテムの威力は凄《すさ》まじいものでした」

いや、それは謙虚すぎるだろう。

戦闘用のマジックアイテムを何度か見たことがあるが、このビクタンが作った《炎雷》は高い完成度を誇っている。

しかも、とビクタンが続けた。

「人族ではマジックアイテムの運用方法も確立されており、不必要に大量に持ち運ぶことも、戦場で取捨選択によって時間を取られることもないとか」

実際に俺もいくつかのアイディアが浮かんだ。

たとえば先に紹介してくれた容量を圧縮してくれるポーチに、攻撃用のマジックアイテムを組み合わせてみよう。仮にポーチを複数持って腰に付ければ、多岐にわたる魔法をほとんど無尽蔵に使いこなせるはず。

熟練の者ならばより複雑で高度な使い方だって思いついているだろう。この分野の将来性は凄まじいかもしれない。

そのことをロニィも感じ取ったようだ。

「……戦闘の様式は大きく変わるのだ?」

「大規模戦闘では既に変化の兆候が見られるそうです。人族のウェイラ帝国では実戦に導入しているとか」

「む……人族とは長い間争っていないから知らなかったのだ」

寝耳に水の話を聞かされたようで、ロニィが一瞬たじろぐ。マジックアイテムがそれほど広く活用されているとは想像もしていなかったのだろう。

俺もなんとなくは聞いたことがある程度だったが……

ウェイラ帝国のことなのでクエナの方をちらりと見る。なにか情報はないか、と。

「情報は統制されているわよ。知らなくて当然、国家機密だもん」

クエナもさして知っているわけではないようだ。

無力そうに首を左右に振った。

「獣人族も嫌い嫌いと言っているだけではダメなようなのだ」

ロニィが挑戦的な目を見せる。目は口ほどにものを言うらしいが、彼女の物事をやり遂げようとする気力がうかがい知れた。

これはクエナの思惑通りになった予感がする。

「おまえ！　名前はなんなのだ？」

「私はビクタンと申します。子供の頃よりマジックアイテムに魅せられてきました」

茶色い兎《うさぎ》の耳が片方だけピコンと逆立つ。

「私が最高戦士になったら！　おまえを『護《まも》り手』に任命してやるのだ！」

「……！」

ビクタンの落ち着いた表情が一転して、驚きになった。

かくいう俺とクエナも、ロニィの変わりようにはビックリだ。

「し、しかし私はマジックアイテム関係が得意なだけの獣人でして……護り手のような戦闘能力は……」

「時代は変わっていくのだ！　私の時代の護り手は腕っぷしだけじゃないのだ。頭が使えるやつも欲しいのだ！」

「なんと……」

「さっそくマジックアイテムをいくつか買うのだ。私も実戦で使うのだ」

まずは試す、ということだろう。

これはロニィがマジックアイテムをハッキリと認めたことに等しい。

「実戦で、ですか？」

「うむ。私が使えばみんなも付いてくるのだ。そうなればマジックアイテムを見る目も変わってくるし、ビクタンの店や他のマジックアイテムの店も繁盛するのだ！」

「そうなれば表通りにマジックアイテムの店が増えるわね。地位向上につながるんじゃない？」

クエナが補足するように言った。

「……ありがとうございます。色んな獣人の想《おも》いが報われます」

ビクタンが目じりに溜《た》まった涙を指で拭う。

なかば諦めていたのだろう。獣人族でマジックアイテムが認められることなど。だからこそ彼は感極まったのだ。

◇

俺とクエナ、ロニィは表通りを歩いていた。

オーガ襲来の際に俺が獣人を助けたことが広まっているようで、ビクタン曰《いわ》く『ここら一帯ならば好感度はむしろ高い』とのこと。

それを聞いたロニィが『なら一緒に歩いて話しても問題ないのだ』と、俺達を連れ立って外に出てきたのだった。

ちなみに両手には贈り物を積んだ板の取っ手を握っている。

「いやー、おまえ達のおかげで良いことをいっぱい知れたのだ！　感謝するのだ！」

「感謝ついでに教えて欲しいんだが、なんで『のだ』って言ってるんだ？」

「語尾のことなのだ？　当然、威厳を出すためなのだ。そう聞くってことは、やっぱり迫力あるのだ？」

「……まぁ、そういうことにしておこう」

俺の受け取り方がおかしいだけかもしれん。

ていうか、『のじゃ』とか言ってるリフも……いや、これ以上考えるのは止《よ》そう。もしかすると、これが普通なのかもしれない。

「それで、おまえ達はどこに行くのだ？」

「ひとまずギルドね。ジードの貰《もら》い物《もの》を輸送してもらわなきゃ」

「ああ、クエナの家に送っても良いか？」

「スペースはあるから問題ないわよ」

「さんきゅ」

水物は魔法で凍らせてあるが、ギルドの輸送システムは便利だ。様々な商会と関係を持っているから俺が凍らせなくとも腐らせることなく運んでくれる。

料金も冒険者なら割引ありだ。

「ふーむ。じゃあ、ひとまずここでお別れなのだ」

「ロニィは何をするの？」

「マジックアイテムを買いあさってくるのだ。ビクタンから貰った《炎雷》以外にもいろいろと」

「宣伝だものね。いってらっしゃい」

「うむ！　また会おうなのだ！」

大手を振って足早に立ち去っていく。

なかなかに豪胆なやつだ。

「あれを素でやってるのなら凄《すご》いわね」

「なんのことだ？」

「ロニィよ。マジックアイテムを使うことで凄さをみんなに教えようとしているのだろうけど、確かに彼女が積極的に使うことで、マジックアイテムに携わる人たちは味方になってくれるわ」

プラスの感情はプラスの感情を呼び寄せるってことだろうか。

「でも反感もあるよな」

「あるわね。マジックアイテムを嫌いな獣人は多いはず。彼らの批判の視線を跳ねのけていかなきゃならないわ」

クエナが神妙な面持ちで頷《うなず》いた。

それは簡単に言えば、マジックアイテムが好きか嫌いかの比率が投票に大きく影響するのではないだろうか。

と、なると。

「賭けじゃないのか？」

「いいえ。獣人の生活にもマジックアイテムは根付いているわ。ロニィの働きかけで重要性に気付いてくれる人が増えれば、ロニィへの関心も高まるはず。それに『弱者』に同調する人って結構多いわよ」

まぁ人族の尺度だけど。なんて付け足してクエナは笑う。

ロニィはとぼけた口調も相まって何も考えていないように見えてしまうが、クエナの言葉を聞くと実はかなり賢いんじゃないかと思い始めてきた。

それからしばらく歩いてようやくギルドに辿《たど》り着く。

「んじゃ、荷物預けるか」

「うん、預けておいて。その間に私は仮眠室を借りてくるから」

「仮眠室？」

「そ。お金さえ払えば借りられるの。追加料金でご飯も食べられるし、お風呂も入れるわよ」

「そういえばあったな……なんで昨日ここの存在を忘れてたんだ」

「……やめましょう。私も忘れてたの」

クエナが珍しい失態に落ち込みと気恥ずかしさをない交ぜにした声を出す。

なんだかんだギルドに相談すれば手配してくれただろう。そうしなかったのは獣人族の領土に来て、常に警戒していたからかもしれない。

今や、知人と呼べるくらいなら増えてきている。多少の余裕ができて視野も広がったわけだ。

それに勇者を辞退して批難を浴びた俺は無意識に人との交流から逃げていたのかもしれない。

「この荷物を輸送してくれないか」

オーガから助けた獣人達の贈り物を受付に預ける。

前までは億劫《おっくう》だったが、今ではスムーズに話しかけることができている。それはたしかに実感できた。

「はい。どちらまで?」

受付の獣人も平然と対応してくれる。

あまり自意識過剰になるのも如何《いかが》なものか、だな。……いや、自意識過剰っていうか絡まれたのは本当のことなんだけどな。

荷物の手続きを終えると、クエナの下にまで足を運ぼうとして、

「あれ、ジードさんじゃないかぁ」

「ん?　ああ、トイポ」

久しぶりに出会う。

様々な道具の入ったリュックを背負いながら片手にはピッケル。恰幅《かっぷく》の良い中年の男で、一見すればなんて事のなさそうな人物に見えるほどにおっとりとした雰囲気を纏《まと》っている。

しかし、俺と同じSランクの【探検家】トイポだ。

「ははは｜、聞いたよ。勇者断ったんだって？」

「めんどそうだったからな。おかげさまで各方面から絡まれて更にめんどうになったが」

「そりゃそうだよぅ。ていうか獣人族にいて大丈夫なの？　護り手とか知り合い多いから言うけど、正直ジードさん、獣人族の強い人たちから狙われてるよぉ」

「取り返したい物がここにあってな。トイポはどうしてここに？」

俺の問いにトイポが一枚の紙を取り出す。

どうやら依頼書のようだ。

「最近オーガが暴れてるっていうから殲滅《せんめつ》……もとい討伐の手伝いだね｜。話によるとオーガキングまで出ているって騒ぎだよぉ」

「――トイポさん、打ち合わせの場所が決まったので行きましょう」

トイポの背後から男が近寄る。

虎の耳と尻尾だ。どちらも黄金色をしている。図体《ずうたい》がデカい。なによりも強い。身のこなしで修羅場を幾度となく経験してきた者だとわかる。

「おっ、そっかそっかぁ。あ｜、そういえば紹介しておこうかなぁ。ジードさん、こっちはレ｜ノ｜君。ぼくの助手兼弟子で大虎族。ちなみに昨年の獣人族Sランクだよぅ。レ｜ノ｜君には紹介不要だねぇ」

「ええ、ジードさんの話は何度も聞いていますから」

ちょっと照れる。

「よろしく頼む、ジードだ。俺も昨年のSランクだから同期になる」

「ども、よろしくお願いします」

握手を交わす。

レーノーは二十代後半くらいか。

「急いでるんだろ？　話はまた今度にでも」

「そうだねぇ。それじゃあ、また～」

「失礼します」

「ああ、またな」

トイポが間延び声を発して去って行く。

俺もそれに応じて軽く手を振っておいた。

「ジード。泊まる場所の確保してきたわよ。これあんたの鍵」

ちょうどタイミングよく、クエナが後ろから声をかけてきた。手には仮眠室用の鍵があった。

「俺の分までやってくれたのか。ありがとうな。いくらだった？」

「いいわよ、気にしないで」

「いや、さすがにそれは悪いって。むしろ一緒に来てくれたんだ。俺が全部出すべきなのに……」

「本当にいいってば。私はジードがいなければルイナのことばかりに拘《こだわ》っていたと思うから。あんたには感謝の気持ちでいっぱいなのよ？」

「いやいやいや、俺の方が……」

「ふふ、いいって。それより今日は何する？」

クエナが強引に話を流す。

その魅力的な笑みに呑《の》まれる。

「ん……そうだな。何かやることってあったっけ？」

「成祭《せいさい》のために何かやってもいいけど……私たちはあまり動かない方が良いわね。まだまだ嫌われているでしょうから」

「散歩でもするか？」

「凄いわね。普通は部屋にこもるべきところよ」

クエナが気抜けした表情で咎《とが》める。

たしかに俺の発言は暢気《のんき》だと捉えられる。けど、好奇心ばかりは止められない。

「すまん、獣人族領は初めてくるからさ。ここからは別行動でもいいが……」

なんて言うと、クエナが頬をぷくぅーっと膨らませる。

「ここまで来たんだから一緒にいるわよ。私もやることないし」

さらにクエナは俺の頬をつねった。

「いひゃぃ、いひゃいって……！」

「私を置いていこうとした罰よ」

どうやら俺の配慮は余計だったらしい。

なんとか謝って許してもらうのだった。


「おお、すごいな」

空高く、バルーンによってロニィが宣伝されていた。

街中は軽いお祭り騒ぎだ。

掲示板らしきものにもロニィのことが描かれている。

それだけじゃない。

ロニィのカッコいい戦闘のシーンやらを切り取られたものが空中に映されている。

さらに、触れることができない立体的な画面が行く道行く道に投射されている。全部ロニィが映っていた。

「マジックアイテムか？　魔力を感じる」

画面には触れない。

あまり見る機会のないものに、獣人の子供たちも『わぁ！　すごい！』なんて騒いでいる。

「ああ、噂《うわさ》の3Dってやつね。とてもリアルでしょ」

「こんなものがあるのか……」

「技術的にとても難しい上に費用もかかるから実用レベルに至ってないはずだけどね」

クエナも物珍しそうに眺めている。

クゼーラの王都では見かけなかったものばかりだ。

なんで急に。

「おお、ジードさん。いかがですかな。国都オーヘマスのマジックアイテム職人が力を集結させましたぞ」

どこか誇らしげに、茶色い兎《うさぎ》の耳をした男が声をかけてくる。

「ビクタン。これはおまえ達《たち》がやったものなのか？」

「はい。成祭《せいさい》に勝利したからと言って最高戦士の座が確定するわけではありませんが、少しでもお役に立てればと思い」

「すごいな。街の雰囲気が一気に変わっててビックリしたぞ」

「それだけ獣人の中にも変革を求める者達がいる、ということなのでしょう」

クエナの言っていたことは本当だったようだ。

動きがはやすぎる。規模もでかい。

こうなればロニィへの注目度は高くなるのも必然だろう。

「それでは、私は更なるデモンストレーションの用意がありますので」

ビクタンが軽くお辞儀をして離れていった。

順調に事が進んでいる。

この日は、そう思っていた。

◇

翌日になって騒動が起きたことを知った。

太陽がまだ昇りきっていないくらいの早朝だ。朝食を食べていた俺とクエナの耳に喧騒《けんそう》が届く。

何気なしに騒ぎの方へ向かうとロニィの声が聞こえてきた。

「――しっかりするのだ！　今、治癒士が来てるのだ！」

ロニィが声をかけているのはビクタンだ。

他にも小さな子供まで倒れている。

明らかに異常な事態であることがうかがい知れた。

「どうした！　なにがあった!?」

ロニィに話しかける。

だが、ロニィは首を左右に振って悔しそうな表情を湛《たた》えた。

「わからないのだ！　私も来たばかりで……！」

「ビクタンっ、誰にやられたんだ！」

「……獅子《しし》……族……」

絶えかけている声を振り絞ったビクタンが答えた。

だが、それ以降は辛《つら》そうに息をするだけだ。呼びかけにも応えられないありさまで、かなり痛めつけられていることが分かる。

「獅子族……！」

ロニィの瞳に怒気が宿る。

それから治癒士が来てビクタン達が担がれていく。

同時に一人の獣人も来ていた。

「おい、なんだこの騒ぎは？」

ツヴィスの声だ。

ロニィがまるで仇敵《きゅうてき》を見つけたとばかりに激昂する。

「おまえ！　なぜビクタンをっ！」

「俺じゃねえよ！」

「いいや、ビクタンは獅子族と言っていたのだ！　獅子族で今回の成祭《せいさい》に参加しているのはおまえだけなのだ！　私を宣伝してくれたビクタンが邪魔で仕方なかったのだ！」

「……たしかにそう思われても仕方ねえな。でも、負けたそいつらが悪いだろ」

ツヴィスが唾を吐き捨てるように言った。

周囲はなんだかんだでツヴィスに同調する空気が漂っている。

いくらビクタンがマジックアイテムの凄《すご》さを披露したところで、獣人族に根付いた価値観が丸ごと変化することはないのだと痛感する。

「その考えはおかしいのだ！」

「はぁ？　弱いやつの肩を持つのかよ」

「たしかに彼らは弱いのだ。でも私は彼らに敬意を持つのだ！　私は強くともマジックアイテムは作れないのだ！」

その物言いは――微《かす》かに聞こえてくる冷笑で迎えられた。しかし、大多数ではない。笑っていない、真面目な顔でロニィの言葉を捉えている獣人も同じ数だけいる。

「ははは！　おいおい。聞いたか、おまえら」

ロゲスだ。

ツヴィスの側からゆっくりと近寄ってきている。

傍らには護《まも》り手が数名いた。全員が獅子族であり、ロゲスの仲間であることは見ただけで分かった。

彼らはロゲスの問いかけに「ありえねえ」だとか「バカだな」なんて言葉と共に、ロニィへ冷笑を浴びせている。

場は穏やかでなかった。

「なーんだ、おまえ達なのだ。最高戦士になれなかった腹いせなら他所《よそ》でするのだ。ここは父さんの領地だからバカはするな、なのだ」

売り言葉に買い言葉だ。

ロニィも容赦なく彼らを罵倒している。

「小娘が……オイトマの親族だからといって容赦してやるわけではないぞッ！」

「ぷ。負け犬……いいや、負け子猫ちゃんが脅しても面白いだけなのだ」

ロニィの言葉に、先ほどまでツヴィスの側に立っていた『強者』の獣人たちもロゲスを笑う。

あくまでもオイトマこそがトップであることを示している。

風向きは明確だった。

だからこそロゲスがロニィに殴りかかったのは必然だったのだろう。

強さで強さを覆すには戦うしかない。

「……――！」

ロニィが初撃をいなす。
だが、ロゲスも口だけではない。
攻撃の繋《つな》げ方《かた》がうまい。
センスはロニィに軍配が上がる。
しかし、これも経験の差か。
一手分以上はロニィに先んじて攻撃を仕掛けている。
ロニィは次第に対応が追いつかなくなる。
「やめとけ」
間に入る。
ロゲスの手首を握り、動きを止める。
「邪魔をするなっ！」
ロゲスの右足からハイキックが来る。
正確に頭部を狙った一撃だ。
その蹴りの重さは纏《まと》う魔力と速度によって瞬時に理解できた。
だが、防げないほどではない。
左手で防御をして詰め寄る。
——背後からクエナの心配そうな声が上がる。

それはきっとロゲスが護り手だからなのだろう。

（人族は獣人族と同盟を組んでいる……下手をすればリフにもギルドにも迷惑がかかる。安心してくれ。わかっている）

ロゲスが俺の一撃に備えて防御の体勢を取る。

正しい判断だが、俺はいつまで経《た》っても攻撃をするつもりはなかった。

「先に絡んできたのはおまえ達だろう。ロニィには成祭《せいさい》がある。ここで止めてくれ」

「――だからだよ」

ロゲスが小さく呟《つぶや》く。俺にだけ聞こえる程度の声だ。

悪意を隠そうともしない。

ただ力のこもった拳が飛んでくる。防ぐ。

（『だから』ね）

ここでロニィを潰しておこうという算段か。

こいつらは獅子族を最高戦士の座に戻そうというのだ。

「なぜ最高戦士とやらにこだわるんだ？　所詮は地位と名声でしかないだろ」

「……知らないようだから教えておいてやる。獣人族では地位や名声が全てなんだよ！」

ロゲスだけでない。

他の護り手も加わってきた。

息の合った連携だ。まるで狩りを仕掛けられているような気分になる。これほど巧みな連携は生まれ育った森を思い出す。自然本来の戦い方というべきか。人は武器を取って連携をするが、獣人は近接がほとんど。戦っていて気持ちが良い。

さて、さすがに攻め返さなければマズい。だが手を出すわけにも。

「――そこまでだ！」

空気を震わせる一声が場を止める。

ロゲス達がゆっくりと声の主を見た。もう戦う様子がないことを確認してから俺も視線を向ける。

「オイトマ…………様」

ロゲスが不本意とばかりの口調で最高戦士を迎える。

「なんだ、これは？」

オイトマの問いにロニィが前へ出る。

「私の知り合いが暴行を受けたのだ」

「ふむ。だれに？」

オイトマの視線が俺に向く。

護り手に囲まれている状況で、しかも俺は異種族だ。真っ先に疑われてもおかしくはないだろう。

だが、周囲の空気が否定してくれた。

「やられたやつは『獅子族に』と」

「獅子族か。ロゲス、ツヴィス。なにか知っているな？　獅子族はおまえ達《たち》が束ねているはずだ」

「知りません」

オイトマの刺すような眼光が獅子族たちを捉える。

ツヴィスはいたって冷静だ。

ここにきて即答できるのは嘘《うそ》でないからだろう。

「おまえはどうなのだ？　ロゲス」

「……」

ロゲスが選んだのは沈黙だった。

「なるほど」

オイトマが周囲を見て確認する。

それからツヴィスの方を見る。

「では、ツヴィスの成祭《せいさい》参加の資格を取り消す」

「なっ！」

それに何より驚いたのは本人ではなかった。ロゲスが目を見開いてハッキリとオイトマを見る。

「なぜですか！　ツヴィスは何もしていない！」

そう断言できるのは……実際に暴行の現場を見た者だけだろう。ロゲスがツヴィスを擁護したとして、現場にいなかった身内の証言など何の力もない。それが意味するのは――なんて俺が言うことではないな。そんなことはオイトマもハッキリとわかっているのだろう。そのうえでツヴィスを処罰することを選んだわけだ。

「私の国で暴れたのは獅子《しし》族なのだろう。責任を取ってもらおうというだけだ」

「それならば私でも……！」

「罰を受けると？　では護り手から降格するか？」

「……――！」

ロゲスが言葉を詰まらせた。

今回は意図して選んだ沈黙ではない。

「ロゲスさん、俺は別に成祭《せいさい》なんて……」

ツヴィスが語り掛ける。

成祭《せいさい》での勝利は最高戦士になるための条件ではない。こうなった以上、こだわる必要なんてないのだ。

そんなことは他所から来た俺でも分かること。

なのに、

「……ツヴィス」

「……！」

ロゲスが冷たい目で睨《にら》みつける。

脳裏に過《よぎ》る。

ツヴィスとロゲス達の話し合っていた光景が。

『分かっているのか。最高戦士になれることを証明しなければセネリアをいただいていく。

おまえ達の血脈は貴重だからな』

あれは本気の脅しだ。虚言ではない。ロゲス達は本当に手を出す。

だから成祭《せいさい》への参加は絶対なのだ。

「……――お願いします。成祭《せいさい》には参加しなければいけません」

ロゲスの目を見て、ツヴィスがオイトマに頭を下げた。

「いいだろう、ならばこうしようじゃないか。もしもツヴィスが成祭《せいさい》に勝たねばロゲスは
――獣人族領より追放とする」

「くっ……！　ありえない、私が今までどれだけ貴方《あなた》に貢献してきたか……！」

「これは絶対だ。以上」

それが最終決定だった。

随分とあっさり。

しかし、これで場は収まった。それに誰も否定はしないが、円満解決というわけではない。少なくともロゲスの表情には今後の趨勢《すうせい》が波乱含みのものになると予期できるほど不穏な感情が渦巻いているように見えた。

それから誰も文句を口にせず解散の運びとなった。

「ジード殿」

不意に声を掛けられる。

声の主は意外にもオイトマだった。


オイトマに案内され、見知らぬ家屋に連れ込まれた。

護《まも》り手もクエナもいない。

俺とオイトマを除けば人っ子一人いない場所だ。

「なんの用だ、俺に」

「ふ。いや、勇者に選ばれた男をじっくり見てみたかったのさ」

(……ふざけてるのか？)

あまり関わりたくないのが本音だ。

獣人のお偉いさんであることは承知している。ここで粗相をすれば……想像もしたくない。最悪、獣人族と人族との関係にも傷がつくのではないだろうか。彼はそれだけの力がある人物だ。

必死で敬語を思い出そうとするが、染みついた癖はなかなか改善できない。

やはり、しっかりとした場所で一度は習う必要があるみたいだ。特に俺の客は上流階級が多いしな……

「まぁ、そんな顔をするな。取って食おうというわけじゃない」

不躾《ぶしつけ》な顔をしていたのだろうか。

肩の力を抜けとばかりの言葉をかけてくれる。

「ただ見るくらいなら、わざわざ俺を呼ぶ必要なんてなかったんじゃないか？」

あるいはクエナも呼んでほしかった。

彼女がいれば俺の粗相も叱ってくれるし、うまくフォローもしてくれるだろうから。

残念ながら今回は俺以外はお呼びではなかったらしい。オイトマは一対一を希望していた。

「いいや、見るだけが目的じゃない。人を退けた理由はちゃんとある。謝っておかなければいけないからな」

それはたしかに人がいない方がいいのだろう。

彼は王族に類するような権力を持っているのだ。謝罪は威厳に関わる。過ちを認めることは大切だが、周りの獣人から止められることだろう。

しかし、疑問が残る。

「俺に謝るって何を?」

「聖剣だ。私が預かっているだろう、おまえの所有物を」

「それはそうだが……あれは、むしろ俺が礼を言うべきだ。仲介してくれて助かったよ」

一時はツヴィスに奪われそうになったり、獣人族領で争いになったりしそうだった。

それをロニィやオイトマが間に入ってくれたおかげで食い止めることができた。まさか本当に暴れるわけにもいかないからな。

「いいや、それでも獣人が奪った事実に変わりはない。そこはやはり謝っておきたいのだ。すまない」

オイトマが頭を下げる。

さすがに驚いた。圧倒的な地位にある者がこれほど簡単に頭を下げるものなのだろうか。

いいや、違う。地位は関係ない。きっとオイトマは本気で謝罪の意を伝えたいと思ったから頭を下げたのだ。

「なら、どうして聖剣を奪ったんだ?」

罪悪感を抱くのなら、最初から俺に聖剣を返していれば良かっただけの話になる。それでも俺から聖剣を奪い、ツヴィスやロニィの争いを焚《た》きつけたのには理由があるはずだ。

「そこから先は獣人族の問題になる。踏み込むのは——いや、おまえは既に無関係とは言えなくなってしまったな。説明しておく必要があるだろう」

　これはただの前置きだ。

　オイトマは最初から俺に話す腹積もりだったはずだ。

　こうして俺に回りくどく断りを入れるのは覚悟をさせるためか？　話を聞けば後戻りはできないのだ、と。

「ここに来てから色々と見てきてるよ。でも聖剣一つで何か変化するのか？」

「ああ、もう『水』はたくさん溜《た》まっているからな」

「水、ね」

　それは比喩だ。

　おそらく不満だとか、ストレスだとかの。つまりは閾値《いきち》の話だ。

「水をさらに満たすには必ずしも聖剣である必要はなかった。しかし誰もが知るあの聖剣が目の前にあるとすれば利用しない手はない。聖剣を成祭《せいさい》の賞品に加えることで勝利の価値は格段に跳ね上がるのだからな」

「ってことは、成祭《せいさい》をより価値あるものにしたいのか？」

　単純に意味をくみ取ると、そうなる。

　俺の答えにオイトマが頷《うなず》く。

「そうだ。今年の成祭《せいさい》は聖剣という賞品のおかげで近年稀《まれ》に見る、熱狂を呼ぶ催しになるだろう。だが、私が欲しいものはその先にある」

その先か。

すこしだけ考えて、俺なりに正解と思《おぼ》しきものを口に出す。

「器から『水』をあふれさせる——獅子族を焚きつけるつもりか？」

「なんだ、存外に頭が回るじゃないか。言葉遣いから察するに、育った環境がまともではなかったかな？」

オイトマの言葉は、もし的外れであれば失礼だ。最高戦士という地位に物を言わせたのではなく、彼は核心を突いている自信があったのだろう。実際に間違っていないからすごいな。ドンピシャだ。

「幼少は森で過ごしていたよ」

「なるほど。教育次第で別の道もあったのだろうな」

これは褒められているのだろう。

素直に受け取って喜んでおくとしよう。

それからオイトマが「さて」と口にして続けた。

「獅子族を焚きつける、それが正解だ。獅子族はロゲスを筆頭に最高戦士に強いこだわりを持つ者が多い」

「ああ、それは知っている。異様なくらいだったよ」

「その通りだ。異様なのだよ。しかし、それはロゲスだけにとどまらない。過去にも最高戦士になれなかった獅子族はいた。彼らは時に発狂し、時に自殺し――暴れた」

「暴れた？」

「そのままの意味だよ。最高戦士に挑んだ。本来は厳粛に場所を選んで戦う。獣人の頂点を決めるのだから当然だ。さすがに周囲への配慮もする」

あまり民衆を気にかけていないようだったが、弱いやつはどうなっても自業自得っていうわけではないようだ。彼らの中でも最高戦士になれる者となりえる者と、それ未満の者との間に一線は引いているということなのだろう。戦士でない者の扱いが良いとは言えないが、一応そこは守られているようだ。

「ってことは、最高戦士に挑んだっていう獅子族は他の獣人を傷つけたのか？」

「うむ。惨《むご》いことに数十の死者が出た。私も暴走してしまうことがあり、何度も街を壊したことはある。それでも死者までは出さない」

……なるほど。

名誉っていうものに鈍感だと自覚はしているが、そこまでこだわるものなのだろうか。ましてや多大な迷惑を無差別にかけてまでやることか？

きっと、彼らには大事なことなのだろう。けど、名誉とは称賛を与えられてこそのもの。

称賛のない名誉に価値はあるのだろうか。

「下準備は済んでいる。今年の成祭《せいさい》で何としても勝利を手に入れたい獅子《しし》族は、やがて苛《いら》立《だ》ちを爆発させるだろう。おそらく成祭《せいさい》の前後だと読んでいる」

「それ、やばいんじゃないのか？」

「問題ない。彼らが暴れる場所は作ってやった。これを機に獅子族の危険分子をあぶり出し、一網打尽にする」

強引な手を使うだけあって用意も周到に済ませているのだろう。

それだけ獅子族が抱える根深い問題を解決したいということだ。

「ひとつ聞きたい。なんで今なんだ？」

「ツヴィスを知っているな」

俺が頷くのを見て、オイトマが続ける。

「やつは最高戦士にこだわっていない。もっと大事なものがあるようだからな。きっとロゲスを反面教師にしたのだろう」

まるで我が子を語るかのように微笑《ほほえ》む。

先ほどまで獅子族に対して憎しみすら覗《のぞ》かせるような顔をしていたのに、たとえ同じ獅子族であっても一概には否定しない。これが最高戦士ってやつの器なのだろうか。

「だから今なのか？」

「そうだ。私の世代の獅子族は考えが凝り固まっている。だから何をしても無駄であると、獅子族の件は放置していた」

憐憫《れんびん》と怒り。

相反する感情がオイトマから放たれていた。

静かにオイトマが続ける。

「しかし、私はそんな獅子族の思想を、ツヴィス達《たち》の代への影響をなくしてやりたい――そのために聖剣が必要だったのだ」

「……そうかい。わかったよ。聖剣は使ってくれて構わない」

「よかったよ。――ジード殿に暴れられるのも面白いが、今はなるべく避けてほしかったからな」

オイトマが俺の目を一心に見つめながら不敵に笑った。

なるほど。

万が一があれば聖剣を力ずくで奪い返す……オイトマは俺がそう行動すると考えていたようだ。

たしかに、この会話を経てその選択肢は取りづらくなった。

「安心してくれ、そんなことはしないさ。仮に成祭《せいさい》でツヴィスが勝っても聖剣は俺の手に戻ってくるようにしているんだろ？」

「……」

気まずそうにオイトマが視線を逸《そ》らした。

「もしかして何も考えてなかったのか？」

「…………なんとかしよう」

信じられないくらい小さな声だった。

「いや、ダメだろそれ。ちゃんと考えての行動だったんじゃないのか？　だから俺も安心して聖剣をダシにしていいって言ったんだぞ？」

「いきなり聖剣なんてものが出てきたら咄嗟《とっさ》に手が出てしまうものではないか？」

「咄嗟にって。それツヴィスがやったことと同じなんだが……」

「ははは、たしかにな。その時こそ力ずくで奪うがいい。全てが終われば自由にして構わん。しかし、ツヴィスは手ごわいぞ？」

「そうかい。たとえ、あんたが握っていても取り返すよ」

あまりにも詰めが甘い作戦に組み込まれたことによる憤りからだろうか。不意にそんな言葉が出た。

俺の微《かす》かな敵意を敏感に感じてか、オイトマが圧を飛ばしてくる。

「――私に勝つと？」

並の人間なら気絶しているところだろう。

空気が、一瞬で地上から山頂に変化したかのようだ。

だが、ここで退くわけにはいかない。

「ああ。大事なものだからな」

スフィから預かっている。返すのは俺だ。

俺が真正面からそう答えると、途端にオイトマの口が綻んだ。

「ふははは！　まさか、この私の威圧に屈しないとはな。護《まも》り手でもそうはいない。面白いやつじゃないか！」

「まさか俺を試したのか？」

「さぁて、どうだろうな。今日はここまでにしようじゃないか。良い時間だった、ありがとう」

「ああ、こちらこそ」

引き留める理由もないので彼の去る姿を見送ってから、俺はギルドの仮眠室に戻っていった。

◇

ロニィから連絡が来たのは翌日だった。

国都オーヘマスのギルド支部。

ロニィから連絡を受けて、俺とクエナは彼女と会っていた。

「最悪なのだ。二人も欠員が出たのだ……」

「欠員って成祭《せいさい》の団体戦の仲間か？」

「そうなのだ。襲撃を受けたようで、回復まで数か月もかかるのだ」

「やっぱり襲撃を受けたのね」

クエナが言う。

予想していたものだったからだろう。

ロニィもそれについては同意している。

「当然、彼らもなるべく一緒に行動するようにしていたのだ。だから万が一の時は返り討ちにするはずだったけど……結局ダメだったのだ」

「証拠も摑《つか》めなかったのか？」

「うむ、なのだ」

「けれど、十中八九、獅子族……あのロゲスとかいうやつの仕業でしょ」

「わかっているのだ。父さんも成祭《せいさい》の後に追放とか言ってたけど、それよりも早い段階でしばくそうなのだ」

しばく、って。

まぁそういう風習なのだろうと納得しておく。

どちらにせよ、いよいよ手段を選ばなくなってきているのでロニィ達も強く警戒することだろう。

「それで、俺達を呼んだのは成祭《せいさい》に出すためか？」

不幸中の幸いだ。

二人の欠員なら俺とクエナでもなんとかなる。

「いいや、まだジードのことを嫌っている獣人は多いのだ」

ロニィがあっさり首を左右に振った。

なんとなく評価が改善されてきたと思っていただけにちょっと傷つく。

「だが……大丈夫なのか？　ツヴィスはあのロゲスとかいう奴《やつ》を味方に引き入れるんだろ？」

「いいや、本人出場はありだけど、最高戦士と護り手はチームメンバーとしては参加できないのだ。そもそも成祭《せいさい》の最初の方は父さんと護り手には別の重要な仕事があるみたいなのだ」

「ロニィは欠員の二人の代理に心当たりあるの？」

クエナが心配そうに尋ねる。

「探している途中なのだ。けどツヴィスは獅子族の屈強なメンツを揃《そろ》えていて……」

ロニィはそれ以上の弱音を吐かなかった。

だが、暗い表情は雄弁に危機的状況を示している。

なるべく協力したいが俺は嫌われているから無理。そんな俺とよく一緒にいるクエナも厳しい。

うーむ。

なにか伝手《つて》はないものだろうか。

そう考えて思い至る。

「あ。なら俺の知り合いに手伝ってもらえないか聞いてみてもいいか？」

「良さそうなやつがいるのだ？」

「Sランクのトイポと、同じくSランクのレーノーってやつだ」

「おお、どっちも聞いたことがあるのだ！　たしかレーノーは私と同じで護り手を蹴ってギルドに行ったやつなのだ！」

どうやら不満はなさそうだ。

俺としてもトイポが参加してくれるのなら安心できる。実力の高さは見ただけでわかる。

「まだ獣人族領にいるだろうから確認してみるよ」

「頼むのだ！」

「ああ、もちろんだ。……ところでロニィは何の用で俺に会いに来たんだ？」

最初は二名の欠員が生まれた話かと思った。

だが、俺の成祭《せいさい》参加は難しい。それはロニィも分かりきっていること。ならば目的は成《せい》祭《さい》についてではないことくらい自然とわかる。

あれは単なる前座の愚痴だ。

「そうだったのだ。私は忠告をしに来たのだ」

「忠告？　ロゲスのことか？」

物騒な単語が飛んでくる。

咄嗟に連想したのは俺にも襲撃の可能性があるということだった。

「違うのだ。父さんがジードのことを気に入っていたのだ」

「気に入って……いた？」

「そうなのだ。多分そのうち父さんに声を掛けられるから気を付けるのだ」

気を付けろと言われても。オイトマって王様みたいな扱いなんだよな？

声を掛けられたら気を付けるとかいう話じゃないような……。少なくとも前のように呼び出しを受けたら応えなければいけないだろう。

しかし、まぁ心構えができるだけマシと捉えるべきか。

「わかった。ありがとう」

「なのだ！　では成祭《せいさい》のメンバーについて進捗があったら教えてくれなのだ！」

「ああ、了解した」

◇

成祭《せいさい》でロニィに協力してもらうべく、ギルドの受付を介してトイポに話を通してもらった。

忙しいだろうに、トイポは一時間ほどで会いに来てくれた。

「なるほどぉ。成祭《せいさい》かぁ」

トイポに事情を説明すると、やはり知っていたようで理解がはやかった。

だが、あまり芳しくない。

「依頼として要請したい。金なら都合はつく」

「うぅーん。お金は別に要らないかな。ただ日程がね。成祭《せいさい》って明後日《あさって》からだよねぇ。ちょうど仕事と被《かぶ》るんだよねぇ」

「はい、成祭《せいさい》のメンバーは途中で変更が可能なので最終日には間に合いますが……ロニィさんの初戦の相手は闘牛族。名のある種族なので生半可なメンバーですと厳しいでしょう」

レーノーが付けくわえた。

つまるところ初戦からトイポ達《たち》が参加してくれるのがベストというわけだ。そうでなければロニィのチームが負ける可能性もありえるかもしれない。

「そもそも連れてきたメンバーで『格』を測るんでしょぉ～？　やっぱり最初から出てあげたいけどねぇ」

難関は仕事か。

そういえば前に聞いていたな。たしか……

「なら俺がトイポ達の仕事を代わりにやれないか？　オーガの討伐だよな？」

「ほうほう、それは問題ないけどぉ。レーノー君はどう思う～？」

「良い考えかと。とはいえ討伐に参加する護り手たちとの事前の打ち合わせは終わっていますが……」

「まあ～、護り手の人たちにはこっちから連絡するよぉ」

「すまない。ロニィの方には俺から伝えておく」

それからトイポ達に依頼の段取りを教えてもらった。

◇

「――ってなわけで、無事にトイポとレーノーが参加してくれることになった」

「うおー！　ありがとうなのだ！」

ロニィが勢い余って両手を摑んで振り回してくる。

しかし、これで何とかなりそうだ。

「ビクタン達は大丈夫そうか？」

俺とクエナは治癒所まで来ていた。

ロニィと共にビクタンの調子を見に来たのだが、今はまだ眠っているようだ。

「子供たちはもう治ったみたいなのだ。ビクタンの手伝いをしていたところを軽く蹴散らされた程度だったのだ。でも、ビクタンはもうしばらく安静にする必要があるのだ」

「こっぴどくやられていたからな」

「ちょっと目立ちすぎたのだ。反省しないといけないのだ」

「いいえ、そんなことないわ。目立ったからといって武力で潰そうとするなんておかしいもの」

ロニィの自責をクエナが咎《とが》める。

事実、ロニィやビクタンは悪いことなどしていない。

「それでも……ツヴィスに悪いことをしてしまったのだ。あいつは恐らく関係なかったのだ」

「ああ、俺もそう思うよ。おそらくロゲス達の独断だろう」

「その通りなのだ。あんな卑怯《ひきょう》な手段をとる者は他にいないのだ」

「ツヴィスには謝っておいた方がいいかもな」

「うむ、なのだ。あと腐れなく成祭《せいさい》に勝つために必要なのだ」

朗らかな顔つきでロニィが言う。

内心では腸《はらわた》が煮えくり返るほど怒っているのだろうが、成祭《せいさい》に備えて冷静さを取り戻しているのだろう。

（……成祭《せいさい》か）

ここまでロニィが勝つためのお膳立てをしてきた。

マジックアイテムの件といい、メンバーを揃えた件といい。

目的はひとつだ。

聖剣の奪還あるのみ。

しかし、ここまで獣人族の内情を少しずつ理解してきた。もはや無関係と言い切ることはできないだろう。

（獅子《しし》族は放っておけない）

ツヴィス、セネリア。

彼らの想《おも》いや葛藤を無視することはできない。

ふと、治癒所に獣人が入ってくる。

ツヴィスだった。

「なんだ、来たのだ？」

「……ああ。ロニィがここにいるって聞いてな」

視線がぎこちない。

何やら気難しい気配だ。

「ちょうど良かったのだ。謝っておきたかったのだ。ビクタンや子供たちを攻撃した、なんて疑って悪かったのだ」

恥ずかしさと申し訳なさを一緒くたに、ロニィが謝る。

だが、ツヴィスは特に気にしていない様子で――むしろ別のことを気にかけているようだった。

「ロニィ……それは許してもいい。だが、頼みがある」

「頼み？　なんなのだ？」

「成祭《せいさい》に参加しないでくれ」

その提案は場の空気を凍りつかせた。

だが、意外なものではなかった。

「――そこまでして許しを乞うつもりはないのだ。おまえは、もっとプライドのあるやつだと思っていたのだ」

ロニィの明らかに蔑視を含んだ眼光がツヴィスに注がれる。

たしかにツヴィスの頼みは軟弱なものだった。けれど、それを放ってはおけない。俺はそれほどツヴィスの抱える問題に無関係ではいられない。

「ロゲスの脅しの件か？」

確認をする。

ツヴィスがこんな手に出る理由はセネリア以外に思いつかなかった。

「脅しなのだ？」

「ああ。もしも成祭《せいさい》に負ければ、セネリアはロゲス達に連れていかれる。俺達の血筋は幾度となく最高戦士や護《まも》り手を生み出してきているから……」

「……ゲス共なのだ」

事情を把握したようで、ロニィの蔑視は別のほうに向いた。

「ちょっと待って。ロゲスなんて気にしなくても良いんじゃないの？　仮にロニィが成祭《せいさい》で勝てば、ロゲスは追放でしょ。ツヴィスが勝ってもセネリアを奪われることはないはず。別にロニィに負けて欲しいなんて言わなくても事は上手《うま》く進むわよ？」

クエナの話はもっともだ。

だが、それには大きなリスクもある。

「ロゲスが大人しく追放されるとは思わない。だから俺は成祭《せいさい》で負けるわけにはいかないんだ」

ツヴィスの拳に力がこもる。

本当にセネリアを想っているからこそ、万が一も許されないのだろう。

「ならすべてを守ってみせるのだ！　私に打ち勝ち、ロゲスにも打ち勝つのだ！」

「――それができたら頼みはしないだろうが！」

ロニィの理想論を、ツヴィスは怒声で一蹴した。

ああ、そのとおりだ。

力の差は明確に存在している。

きっとツヴィスではロゲスに勝つことはできないだろう。

俯《うつむ》き気味のツヴィスの頬に涙が伝う。

そして地面に垂れた。

「無力なのが……ここまで辛《つら》いとは……思わなかった……」

その変わり様に誰もが口をはさめない。

弱々しい声でツヴィスが続ける。

「順調だったんだ……神童だって言われて……護り手にもなって……おまえが現れなけれ

ば……！」

　心の底から出てきたのは恨みの念だった。

　それを正面から向けられているのはロニィで、きっと後ろにはロゲス達がいる。それだけじゃない。獣人族全体にも複雑な感情を持っているだろう。

「私は負けられないのだ。私に協力してくれたやつらがいるのだ。だから、そうやって情けない姿を見せることはできないのだ」

「……――！」

　ツヴィスは何も言い返せず、ただ立ち尽くしていた。

　そんな姿を見て、これ以上は何も言うことはないのだとばかりにロニィが立ち去っていく。

「それじゃ、私は行くのだ。成祭《せいさい》の準備があるのだ」

「ああ。またな」

　俺とクエナは手を振って応じる。

　だが、ツヴィスは引き留めることもせず、顔を歪《ゆが》ませながら佇《たたず》んでいる。

「……」

　きっと今の彼には本当に何もできないと分かっているのだ。だからこそ次は普通では考えられないような手段に出るかもしれない。

恨み、か。

「ツヴィス、獣人の勝ち負けにこだわる姿勢は大事だと思う。勝つためにどんな手段を使うのも良い。けど、どこかで人として越えてはいけない最低ラインは作っておいた方が良い。ロゲスのようにはなるな」

「知った風な口を利くな！」

余計なことを言ってしまった自覚はある。

だが、彼には守るべきものがある。

それを知っているから同情もする。

何もできないまま終わって良いわけがない。

(聖剣は取り返す)

そのためにロニィを勝たせる。

最上の目的だ。

そんなことは獣人族の領地に来てから何度も再確認させられている。

(だからツヴィスが卑怯な手段を講じれば……俺はロニィを守らなければいけない)

できればツヴィスには道を踏み誤って欲しくはない。

「……大丈夫だ、ツヴィス。もしも成祭《せいさい》に負けたら俺に依頼しろ。必ず、おまえ達《たち》を守ってやる」

「…………くそ」

ギリっと奥歯を噛《か》みしめる音がこちらにまで聞こえてくる。

俺の心境を察してしまったのだろう。

きっと彼には同情なんてプライドを傷つけるだけのものでしかないのだ。けど、それを受け入れなければならないときが来るかもしれない。妹のために。

その葛藤が毒にならなければいいが。

◇

俺は生まれた時から獅子族が偉大な種族だと教わった。

「ツヴィス、おまえは誰にも負けない男になれ」

それは父の言葉だった。

叔父であるロゲスも、俺に同様の言葉を投げかける。

誇りと最高の遺伝子があるから俺は負けない。

誰にも劣らない。

そう確信していた。

実際に小さい頃は負け知らずだったから、あながち間違いでもなかったのだろう。

でも、わかってしまった。

父やロゲスは頑《かたく》なに口に出さなかった。

だから幼い俺は知る由《よし》もなかった。

獣人を統べる存在があることを。

それを『最高戦士』と呼ぶことを。

そして、その地位についているのが『白狼族《はくろうぞく》』であることを。

獅子《しし》族では……なかった。

「なんで父さんじゃないの？　なんでロゲスさんじゃないの？　獅子族は最強の種族なんでしょ？」

「昔は……そうだったんだ。いつも一番は獅子族だったんだ」

父さんは遠慮がちに言う。

でも、ならどうして。

今は弱いの？

「白狼族が卑怯《ひきょう》な手を使っているからだ！　最高戦士は必ず獅子族が取り返す！」

ロゲスさんはそう言う。

だけど取り返せる日は来なかった。

獅子族で一番強かった父が死んだんだ。

理由は戦死だって聞いている。

獣人族のナンバー2にはロゲスさんが成った。

でも、最高戦士は未《いま》だにオイトマとかいう男だ。

獅子族ではない。

「いいか、おまえの父は強いから殺されたんだ。オイトマが消したんだ」

ロゲスさんはそうささやいてきた。

果たして本当にそうなのか。

俺にたしかめる術《すべ》はない。

「獅子族は優秀なんだ。特におまえの血筋は。だからおまえがやるしかない」

ロゲスさんは俺にそう告げる。

でも、知っていた。

ロゲスが妹のセネリアに目を付けていることを。

最高戦士はどうでもよかった。

ただ妹を守りたい。

その一心で俺は強くなろうとした。

実際に俺が頑張ることで妹への関心は薄れていった。

俺が護《まも》り手になる頃には、ロゲスさんは俺たち家族に手を出す素振りも見せなくなった。

最高戦士になると思ってくれていたのだろう。

俺が——白狼族に負けるまでは。

「どういうことだ！」

ロゲスさんが怒鳴り込んでくる。

本を読んでいた妹がビクリと震えて俺の背後に回り込む。

「……ロゲスさん」

「おまえ負けたのか!?　しかも白狼族に……あのオイトマの娘に！」

俺の両肩を掴《つか》んで顔を近づけてくる。

鬼気迫る表情に唾を飲み込む。

「ま、負けました。でも魔物の討伐であいつが、ロニィが速かっただけです」

そう、ただ討伐の速度で負けただけだ。

俺の方がはやく出発していれば勝っていた。

「それでも負けたんだろうが！」

ロゲスさんが椅子を蹴り飛ばす。

随分と荒ぶっている。

俺の敗北がどうしても許せないのだろう。

「でも、知らなかったんだ。ロニィなんてやつ。冒険者だったみたいで獣人族の間ではあまり活躍してなかったたって……」

「どうせオイトマが隠してたんだろうが！　俺たちを出し抜くために！」

家財道具がロゲスによって薙《な》ぎ払われる。

両親の形見や、妹が大事にしていた手鏡まで割れていた。

「お、落ち着いてくれ」

「落ち着く？　逆にどうしておまえはそこまで冷静でいられるんだ！　白狼族がまた姑息《こそく》で卑怯な手を使ったんだぞ！」

卑怯な手？

たしかにロニィは突然現れた。

けれど、それは彼女が護り手じゃなかったからだ。

もしも調べようと思えば調べられていたはずだった。

そこは俺にも落ち度がある。

ロニィの存在を知っていれば。

ギルドで魔物の討伐の依頼が出されているか確認していれば。

様々な要因をクリアしていれば負けることはなかった。

だから卑怯ではない。

今回はあくまでも偶然の出来事だ。

何より、これで最高戦士が決まるわけでもないのに——ロゲスがセネリアの手を摑んだ。

「きゃっ」

「ま、待て！　セネリアをどうする気だ！」

「言っただろう、おまえの一族の血筋は優秀だ……おまえの父は死に、母はセネリアを生むと同時に死んでしまった。だからこそセネリアには次の世代を育んでもらうのだ！」

それはつまり……

このゲスが……！

「待て！　なぜ、そこまで最高戦士にこだわるんだ！　別に護り手でも……俺たち獅子族が強ければそれでいいだろう!?」

「護り手でも……？　本気で言っているのか？」

「いたいっ……」

セネリアが苦しそうな表情を浮かべる。

どうやらロゲスの手に力が込められているようだ。

「だ、だってそうだろ。ずっと強い訳じゃない。昔は魔族にだって負けてたことも——」

「——だまれ！　それは敗者の歴史だ！」

ロゲスの声が辺りを震わせる。

「いいか、獣人は獅子族がまとめ上げたんだ」

「し、知ってるよ。国都オーヘマスを作ったのだって獅子族だ」

「それから何代にもわたって獅子族が束ねていたんだ！　だがな……魔族に負けだして獅子族が死んでいき、消去法で最高戦士に大虎族が選ばれた……」

ロゲスの顔が暗く染まる。

語りたくないというように。

でも、それが避けられないのをわかっていて。

「それから獣人族は魔族を押し返していったんだ！　みんな大虎族を褒めそやしていった！　あまつさえ獅子族が劣っていると言う者までいた！」

それは恨みだ。

だが、大虎族に対するものではない。

獅子族を侮辱するやつらすべてに対してのものだ。

「でも……大虎族の代で勝ったのは事実のはずだ」

「ふざけるな！」

ロゲスがセネリアの手を放した。

「ぐわっ!?」

「お兄ちゃん！」

代わりに俺の頬を殴りつけてきた。

テーブルを巻き込みながら崩れ落ち、視界がぐにゃりと歪《ゆが》む。

「いいか、よく聞け。あれは勇者が現れたからだ。それがなければ獣人族には抗《あらが》う術なんてなかったんだ。大虎族のおかげではない！　むしろ獅子族であった方がより勢いを取り戻していたはずだ！」

そう、信じて疑わないように。

大虎族の功績を貶《けな》すように。

彼は本気なのだ。

「たしかに獅子族の栄光は本物だと思う。でも認めるべきだ。その当時は大虎族が最高戦士で戦争に勝った。獅子族ではない」

「認めるべき？　ふざけるのも大概にしろ。……魔族を押し返して、大虎族のやつが真っ先にやったことはなんだと思う？」

「……同盟だろ」

「そうだ、人族との同盟だ！　かつては我々を奴隷として虐げていたあいつらと！　歴代の獅子族たちを苦しめてきたやつらなんかと！」

でも、それは今も続いている、平和の証《あかし》だ。

人族と同盟を結んでいるから互いに苦しむことが少なくなっている。

むしろ利点の方が勝っている。

ロゲスのような獣人が間違っていることは火を見るよりも明らかなんだ。

（ああ、俺も獅子族のはずなのに……）

どこか冷えた目でロゲスを見ていた。

きっと最高戦士に固執する彼が愚かに映ったのかもしれない。

でも。

「確かにその通りだな。だからこそ、俺は勝つよ。最高戦士になって、獣人族はどの種族が統べるべきなのか、教えてやる」

ロゲスに抗うのはやめだ。

勝とう。勝つしかない。俺は勝つ意志に溢《あふ》れている。

「……分かっているじゃないか」

——妹を守るためには演じ切るしかないんだ。

第四話　聖剣を手にするのは

俺はトイポが引き受けていた依頼のために動いていた。

国都オーヘマスの近隣にある森に、統率の取れたオーガの集団がいくつも現れていたという。

「こういう時はオーガキングがいるわ」

とはクエナの言だ。

獣人と合流する際の道中で情報の交換会を行っている。

「Sランクの魔物だろ？　滅多に現れないとかいう」

「そうね。まだ人族がひ弱だった時代、一国を滅ぼされたこともある。仮に知能がもっと高ければ魔族みたいに、人族や獣人族と同等の種族だと認められていたかもしれない」

それほどに強大な魔物。それがオーガキングという生き物だ。

禁忌《きんき》の森底《しんてい》にオーガはいたが、キングと呼ばれるまでの個体はいなかったと記憶している。

「実質、初めて戦う相手になるな。楽しみだ」

「本当は私たちの配置じゃないけどね……」

そう、クエナの言うとおりだ。本当は俺達《たち》が戦うのはオーガキングではない。だが、とある事情から配置を移動していた。

それから獣人たちの集団に合流する。

腕利きばかりが二十名くらいだろうか。全員が護り手だろう。オイトマまでいる。

「おい！　おまえらトイポの代わりだろ!?　持ち場は別だろうが！」

ロゲスだ。

こいつまでいるのか。オイトマは何を考えているんだ。

いや、ツヴィスが成祭《せいさい》で負けるまでは罪に問われて追放されると決まったわけではないのだったか。

「オーガが移動していた。あんたらの持ち場に合流しに来ただけだ」

そう、俺達が所定の配置から移ってきた理由はこれだった。

探知魔法を展開すると、そもそも討伐するべき魔物が存在していなかったのだ。

「そんな情報は入っていない！　それにこっちはオーガキングがいるって方面だ。おまえ達に連携を邪魔されたらたまったもんじゃないんだよ！」

「そうなのか？　なら別の方面に向かうとするよ」

言いながら踵《きびす》を返そうとする。

しかし、オイトマが軽く手を挙げた。

「いや、待て。あるいは我々の動きが察知されたのだろう。側近がキングを守るために移動した可能性がある。こちら側で参加しろ」

「ですが、オイトマ様、こいつらでは足を引っ張ります。そもそも勇者を断るような男に務まる仕事かも怪しいのに……」

「私の言うことが聞けないのか？」

「……いえ」

オイトマがロゲスの反論を一言で黙らせた。

「ジード達は我々に付いてこい」

「わかった」

許可は下りたみたいだ。

と言ってもオイトマ一人の独断だが。

ロニィが『父さんがジードのことを気に入っていたのだ』とか言っていたが、その恩恵もあったのかな。


森の奥に進めば進むほど、不気味な静寂が包み込んでいた。

普通なら魔物の鳴き声などが聞こえるはずなのだが一切ない。

それどころか魔物の気配すらも消えている。

理由は探知魔法でわかっている。ここら一帯の魔物がオーガによって掃討されているのだ。

「なぁ、オーガキングって一匹だけじゃないよな？」

「なぜ？」

俺の質問にオイトマが問い返してくる。

「生態を知らないんだ。でもキングってほどだから一匹だけのようにも思えてさ」

「一匹だけのはずだ。それ以外の前例はない」

「じゃあ、今回が初めての事例かもしれないな」

「なに？」

「二匹いるぞ。同じくらい強いのが」

パキリ、と小枝が折れる。

それは護《まも》り手の一人が折れた木を踏み抜いた結果、生まれた音だった。

何気ないものだったのだろう。

しかし、響く音は俺達の会話の声よりも大きい。

きっかけは間違いなく、その音だった。

『グロオオォォォッォーーーッッ！』

オーガが一斉にこちらに向かい出す。

まだ距離はあるみたいだが地響きと揺れは届いてきている。雄たけびは肌をビリビリと刺激してくるほどだ。

「オーガキングが二匹とはどういうことだ、ロゲス。オーガの動向の確認はおまえに一任してあったぞ」

「……」

オイトマの問いにロゲスは応えない。

ただ視線を合わせたままだ。

「そもそもオーガが移動していたことを知らなかったわけでもあるまい。そこの人族が分かったのだ。おまえが把握できていないはずがない」

俺が分かったのは探知魔法があるからだ。

まあ、それもロゲスが報告や索敵を怠った理由にはならない。

意外だったのは、オイトマがロゲスの能力を信頼していたこと。

だからこそ、なのだろう。

「——獅子《しし》族には誇りがある。昔は代々、獣人を束ねてきた一族。誰もが言うことを聞いていたんだ」

ロゲスがひとりごちる。

誰に向けて、ではないのかもしれない。

自分に言い聞かせるような物言いだった。

『グォォーーーーンッ！』

オーガが岩を削った鋭利な武器で切りかかってくる。

それを護り手の一人が迎え撃つ。

次第にオーガの数は増えて大規模な戦いに発展していった。

クエナも交ざっている。

不思議なことに獅子族だけは動いていなかった。

そんな中で、ロゲスは態度を変えない。臆することも動じることもせずにオイトマを凝視していた。

「時代は変わったよ。次第に最高戦士は違う種族になっていった。俺がおまえに負けてから……死ぬほど屈辱を感じていた。だが、いいんだ。獅子族はまたいつか強くなればいい。そう思っていた——ロニィのやつが弱者に甘んじるバカ共を盛り立て始めるまでは！」

獅子族の護り手がオイトマを囲む。

これは『狩り』だ。

オーガではない。

オイトマを標的としたロゲス達の狩りだ。

「こんな時に仲間割れとはな」

オイトマが呆《あき》れた顔で言う。

「仕方ないだろうが！　おまえにはこうでもしないと勝てねえんだよ！　その強さは認めてやる！」

獅子族以外の護り手はオーガに戦力を割いている。

たしかに今が絶好の機会なのだろう。混乱に乗じて反乱を起こす。こんなこと街中ではやれないからな。

「『ロニィが弱いバカ共を立てる』か。それだけが理由か？」

「ロニィなんざ所詮、最高戦士の娘ってだけだ！　白狼《はくろう》の威を借る小犬にすぎん！　おまえが消えればあんな小娘にツヴィスが負けることはねえ！　今年の成祭《せいさい》は獅子族が勝利する！　そして獅子族の栄光の歴史を蘇《よみがえ》らせる！」

「そうだったな。獣人にとっての悪夢の時代は獅子が君臨していた時だ」

ロゲスは震えていた。

反対に、囲まれているはずのオイトマは泰然自若としていた。

「他のやつがオーガキングに手こずっている間、おまえは俺達に殺されろ！」

「――それはどうかな？」

オイトマの切り返しは冷静だった。

周囲をしっかりと見ている者だからこそそのセリフだ。

「な……なに？」

ようやくロゲスも気が付く。

今、他の護り手が力を割いているのはオーガの残党だ。

オーガキングは二匹とも俺の背後で倒れている。

「そっちも手助けしようか？」

「いらん。ご苦労だったな、人族」

随分な自信だ。

他の護り手に対しても、ロゲス達との睨《にら》み合いにすら参加させようとしない。

「ちぃ……！」

オイトマの余裕が腹立たしいのだろう。

顔を赤く染め上げたロゲスが怒り心頭に発していることが分かる。

「ロゲス、私はおまえに対して随分と配慮をしてきたつもりだ。だが、もはや容赦することはできない。今すぐ追放を受け入れろ。そしてツヴィス達には関わるな」

「だまれ！　おまえに何が分かる!?　これ以上、俺たち獅子族を愚弄するな！」

「話すに値せず、か。――しばらく眠れ」

ドスン、という音だった。

オイトマの猛烈な蹴りがロゲスを吹き飛ばした。

呻《うめ》き声《ごえ》すら聞こえなかった。

「「なっ!?」」

ロゲスの取り巻き達が事態に気付いた時、すでに彼らの半数が戦闘不能に陥っていた。

まるで大人と子供だ。

（これほど戦力に差があるものなのか。ロゲス達の対応も納得だな）

ただ一方的に蹂躙《じゆうりん》、もとい捕縛されている。

これほどの強さは見たことがない。魔物でも、人族でも。

あるいは魔族のフューリーなら……いや、やつの本気は見たことがないから不確実なことは言えないか。

「それでは帰ろうか」

オイトマの宣言は軽い雑用をこなした後のものだった。

獅子族は計画が想定外の方向に逸《そ》れてしまい、オーガキングを相手にする必要のなくなった他の護り手を警戒していた。背後にも意識を向けてしまった結果オイトマに完敗してしまった。

だが、そもそも無茶のある計画だったのではないか。そこまで追い詰められていたというのは分かるが……これがオイトマの言っていた『水』をあふれさせる——暴れるってやつなのか。

これ俺がオーガキングを倒さなくとも平気だったろ？

◇

帰りの道中だった。

俺とオイトマは自然と隣り合っている。

クエナは少し後ろに控えていた。

「成祭《せいさい》はトーナメントの一回戦目が終わった頃合いだな」

「ああ、かもな」

「帰る頃には夜だから観戦は明日からになるだろう。ロニィは勝っているかな？」

「勝ってるんじゃないか？　強いし」

「だよなぁ」

デレっとした顔だ。

最高戦士だとか、さっきロゲスほどのやつを一撃で仕留めた男とは思えない――当のロゲスは後ろで護り手によって連行されているが――こういうのは親バカだというのだろうか。

「小さい頃のロニィは病弱でな。それでも強くなりたいと頑張っていたんだ。だから弱者側の気持ちが分かったんだろうなぁ。正直言って、私には分からなかったことだ。あいつはすごい」

ふと、獣人にもぬくもりがあるのだと感じた。

たとえそれが家族愛であったとしても、強者と弱者で明確に区別されるはずの境界線が最高戦士オイトマと幼いロニィの間ではぼやけていた。

「いいや、ロニィの考えを認めることができるオイトマが父だったからだろう」

感じたことをそのまま口にした。

「なんだ、世辞は言えるのか。礼儀を知らぬものだと思っていたのだがな」

「悪かったな。敬語をうまく言えるなら使ってるよ。たどたどしい口調になるから使わない方がマシだって言われたんだ」

「ははは！　それは面白いな！」

オイトマが豪快に笑い飛ばす。

いや、敬語って難しくないか？　使えるやつらは軒並み天才だと思うんだけど。

「てかさ、あんた読んでたろ。ロゲスが裏切るって」

「ほう？　なぜそう思う」

「ロゲスが裏切っても普通そうだったから。あと俺をグループに入れた」

「根拠に乏しいな。頭の方は赤髪に任せっきりか？」

マジかよ。とばかりにオイトマが見てくる。

赤髪とはクエナのことだろう。

「そうだよ。悪いか？」

「いや、悪くない。そういう奴《やつ》は勘が良かったりするからな。私は嫌いではない」

「そうかい。ってことは正解なんだな？」

「ああ、読めていた。そもそも、あれは裏切る気満々だったろう。読めない方がおかしい」

たしかに態度は明らかだった。

しかし、

「裏切るように仕向けたのはおまえじゃないのか？」

追放だとか、ツヴィスの成祭《せいさい》参加を取り消す話を持ち出したのはオイトマだった。

たしかにロゲスは暴れていたが、最終的に裏切りの決定打となったのはオイトマの発言だろう。

そして、前に話した聖剣を成祭《せいさい》の賞品とした理由だ。

今回の件こそがオイトマの仕組んだ獅子族を追い詰める一手……

どうやら正解だったようで、オイトマが悲し気な表情を浮かべて首を縦に振った。

「そうだ。度を越して追い詰められるツヴィスが可哀想《かわいそう》だったのでな」

「知ってたのか」

「獅子《しし》族にも私を慕ってくれている者がいる」

オイトマがわずかに振り返る。

視線の先には獅子族の護《まも》り手がいた。

彼はロゲスには付いていない、オーガと戦っていた男だ。

なるほど。そういうことか。

「ならロゲスはどうなるんだ？」

追放――

その処分だと近い将来、ロゲスが再び獣人族領に現れてツヴィスを追い詰める危険性だってある。

「ツヴィスが強くなるまで牢獄《ろうごく》にいてもらうことまで考えている。あいつならば数年でロゲスを越すだろう」

「そうか」

きっと、それならばツヴィスも安心できることだろう。

俺もオイトマと同じ意見だ。

ツヴィスにはロゲス以上の戦闘センスを感じた。しばらく鍛えれば越えるだろう。

「しかし、どうしてそこまで獣人族の問題に関わろうとする？　聖剣のためならばロニィのことだけを気にしていればいいだろう」

「縁みたいなもんが出来てしまったしな。余計なおせっかいだと分かっていても何とかしたいって気持ちが湧いてしまう」

「なるほど、それも良いだろう。おまえほどの力量があれば大抵の事に首を突っ込んでも問題ないだろうしな」

オイトマが獰猛《どうもう》な笑みを浮かべる。

ロゲスとは比べ物にならない。凄《すさ》まじい威圧感が俺だけに向けられていた。隙を見せたら戦闘が始まりそうだ。鳥肌が立つ。

「戦うつもりはないんだがな」

「私はあるがな？　おまえの強さは気になるところだ」

なんと面倒な……

ロニィの言っていた忠告が身に染みる。

気に入られると、ここまで絡んでくるものなのだな。

「ふっ。まぁ、今は帰ろう」

今は、って。

まるでこの先があるみたいな言い方だな。

当然あまり戦う気は起こらないので、聖剣を回収したら早く帰るとしよう。

◇

俺達《たち》が帰る頃には初日のトーナメントは終了していた。

しかし、聞いた話によるとロニィは順調に勝ち進んでおり、ツヴィスも同様だった。

ようやく観戦ができたのは翌日だった。

成祭《せいさい》は円形の闘技場で行われる。俺とクエナはロニィを応援するために来ていたが……

「あぁ？　なんで人族がいんだよ。てか、こいつジードじゃねえか！」

観戦していることを後悔したのは、そんな絡み方をされてからだった。

場は騒然となり、とても気まずい。お腹《なか》が痛い。

しばらくしたら『出ていけ』とまでコールが起こりそうだ。

だが、そんな彼らを窘《たしな》めたのはビクタンや、オーガ襲撃の際に助けた獣人たちだった。

「彼らは私たちを助けてくださいました。何より昨日のオーガ討伐でキングを倒す活躍をされたのですよ。ロニィ様のご友人でもあるのですから観戦する権利は大いにあるでしょう」

「ぐ……！」

ビクタン達が俺を好奇や批難の目から逃すために囲むようにして座ってくれる。

「いやはや、大変ですな」

「すまん、助かる。ケガは大丈夫か？」

「このとおり問題ありません」

「いいえ、大ありです！　もう無茶はしないでくださいね」

ビクタンの隣の恰幅《かっぷく》の良い女性が声をかけてくる。同じ兎《うさぎ》の耳をしているが、こっちは白色だ。

「わかっているさ。……ああ、すみません。こちらは家内でして」

「どーもー！　お話は聞いていますよ。バカ達が騒いでますけど私はあなたを応援していますからね！」

両手でサムズアップしてくる。随分とハツラツとした人だ。

「始まるみたいね」

クエナが言う。

中心ではロニィのグループと狐《きつね》族の女性グループが相対していた。

審判の合図と共に戦闘が始まる。

魔法の余波がこちらにまで飛んでくる――かと思いきや、観客席に張られた魔力の障壁によって当たることはない。ちゃんと安全は確保しているようだ。

戦闘が激化している。だが、このままでもロニィは圧勝――

「――うおおおお！　ロニィ様ァ！　勝て、勝て、勝てロニィ様ァ！」

「！！？？」

突如として隣から叫び声とも声援とも取れない声が飛んできた。

最初は信じられなかったが、おとなしそうな印象のビクタンが声の主だった。

マジックアイテムで声を大きくして、さらに横断幕も掲げている。後ろの客に邪魔じゃないのか……？　と思ったけど後ろもロニィのために横断幕の展開を手伝っていた。

こいつら全員がロニィの応援団というわけだ。

いや、それだけじゃない。闘技場ではロニィを応援する声が多い。なんというか狐族の少女が可哀想《かわいそう》になってくるレベルでアウェイだ。

（あ、ロニィ勝った）

場の光景に圧倒されていると、いつの間にか勝負がついていた。

かなり早かったな。

ロニィのチームメンバーが強いのもあるが、本人も『Sランク』なだけある実力だ。

『さて、皆様！　参加者が倒れたので投票をいたします！　どちらが勝者に相応《ふさわ》しいでしょうかぁ～!?』

……勝者ってこれで決めるのか。

歓声はロニィが占めている。圧倒的だ。

たしかに分かりやすいことこの上ないが接戦になったら大変そうだな。

(次はツヴィスか)

相手は象族だな。その体格はとんでもなくデカい。三メートルはあるだろうか。

だが、ツヴィスは臆することなく攻めている。

象族の男が放つ一撃は重たい音を残している。見ているだけでも痛そうだ。

「勝ったわね」

「ああ、そうだな」

クエナが隣で冷静に審判を下す。俺もそれに同意した。

実際にその数秒後には象族の男が倒れていた。

(しかし……ロニィの時と比べるとあまり応援の声は聞こえなかったな)

ロゲスの件もあるのだろう。

獅子族全体の評判が下がっているのかもしれない。

ビクタン達もあまり興味がなさそうだ。彼らからすれば、ある意味では敵のようなものだからだろう。

それからロニィやツヴィス以外のメンバーの戦いも数戦あり、二日目のトーナメントは終了した。

俺はクエナと一旦別れ、裏口でツヴィスを待っていた。

「おう、あんたか。呼び出して悪いな」

ツヴィスがスッキリした笑みを浮かべながら出てくる。

あまり応援はされていないようだが、気持ちは楽になっているようだった。

「いや、気にしなくていい。それでなんの用だ？」

「まずは訂正したくてな。俺はあんたを臆病者だと言った。だが、これだけ軽蔑されながら、いつ襲われてもおかしくないのに獣人族領に留《とど》まっている。ただ物を持ち主に返したいってことのために。そんなやつが臆病なわけない」

綺麗《きれい》に腰を曲げて頭を下げてきた。

なるほど。それを言うために。

ロゲスの傍らにいたのに悪事に手を染めなかったのは、この正々堂々とした心根があるからだろう。

「頭を上げてくれ。勇者を断ったのは事実だ。そう思われても仕方ない」

「器がデカいな。……オイトマを連想してしまうよ」

ツヴィスが微笑を湛《たた》える。

どうやらオイトマに良い思い出があるようだ。

「ロゲスの件は聞いているよな？　いや、そもそもジードは現地にいたのだったか。それならば俺の口から言う必要もないだろうが、ロゲスは捕縛された。もうセネリアが危害を加えられることはない」

「おまえが強くなる、っていう前提がある。それは忘れるなよ」

「ああ、わかってるさ。必ず強くなる。まずはロニィに勝つよ」

ツヴィスが胸を張って答える。

彼には自由があり、自信もある。疑いようもない。今の彼はとても強い。

「そうか」

いよいよロニィも危ないかもしれないな。

実力でいえばロニィの方が上だと思っていたが、今のツヴィスにならば負けてもおかしくはない。

そうなると聖剣がなぁ。

なんて思っていると、

「だから聖剣は俺が返す」

ツヴィスがそう言う。

そこには固い意志を感じた。

「勇者になりたいって気持ちは変わらないわけか」

なんて理解をしたが、どうやら違ったみたいだ。

ツヴィスが両手を振りながら勘違いを正すように慌てて言葉を紡ぐ。

「俺が返すって言ってるのはジードに、だ！　聖女スフィにではない！」

「ん……？　ああ、なるほどな」

「元はといえば俺が付けたイチャモンだ。悪い」

「まぁ、そこに関して正直に言うとマジでダルかった」

「だよな」

てへへ、とツヴィスが笑う。

反省してるのか？

とはいえ、こいつが聖剣を奪おうとしなければ、こうして獣人族領にいることはなかった。ここでの様々な経験も味わうことはなかっただろう。

「でもさ、ツヴィスは勝算あるのか？　正直ロニィへの声援すごかったぞ」

本人に言うべきではないことだろう。もしかするとプレッシャーになるかもしれない。

それでも尋ねたのは自信ありげな顔だったからだ。

「ああ、俺もマジックアイテムやそれを作る職人が凄《すご》いってのは認めた。だけど最後に人を突き動かすのは拳だ」

ツヴィスが両手の拳をぶつけてニカリと笑う。

今の彼には何の迷いもないことがうかがえた。

「ま、頑張れよ。応援してるさ。ロニィの次くらいに」

「はぁ!?　そこは俺じゃないのかよ！」

当たり前だ。

最初から俺に返してくれる予定だったのは彼女なのだから。

◇

俺達の観戦はさらに二日間続き、五日目——ついに成祭《せいさい》は最終戦を迎えた。

残ったのはロニィとツヴィスだ。

どちらも危うい局面はあったように思えるが、それでもここまで勝ち抜いてきた。

「どっちが勝つと思う？」

「成祭《せいさい》か？　それとも勝負か？」

この二つは類似している。だが、明確な差がある。たとえ勝負に勝っても成祭《せいさい》に負けることだってあるだろう。それほどにツヴィスとロニィの声援の量は天と地ほどの差がある。

「どっちかといえば勝負ね。私は力量を測る目を身に付けたいし」

「なら参考にならないな。あいつらならどっちが勝っても不思議じゃない。それくらい分からない」

以前のツヴィスはロゲスの呪縛に囚《とら》われていたためか、蛇に睨《にら》まれているような身体《からだ》の硬さがあった。だが、今のあいつには迷いがない。ロニィにとって強敵であることは間違いないだろう。

「そうよね」

クエナも同じ意見だったようで、難しそうな顔をして『へ』の文字を口で作っている。

この勝負の行方を予想しようとして頭がいっぱいになっているようだ。

『はじめ！』

試合が始まる。

チームメンバーの戦いは互角……いや、ロニィが上だ。

トイポは言わずもがな強い。

それに、レーノーもなかなかやる。

毒か。

彼に触れた者の身体の一部がダランと動かなくなっている。

爪か、暗器か。

祭りであることから手心は加えてあるのだろうが、相手が死んでも構わないような敵であった場合に本領が発揮されるタイプだ。

（敵に回したら面倒くさそうだな）

他の獣人は肉弾戦ばかりだった。

だが、レーノーは近接戦だけでなく魔法まで駆使している。どちらも一級品だ。

獣人族領から離れてトイポに師事しているだけはある。柔軟性が高い。

(肝心のロニィとツヴィスの戦いだが……)

どちらも接戦だ。一歩も引かない。

しかし、やはり声援はロニィの方が大きい。かなりの差が付いてしまっている。俺の隣の男は今日も叫んでいる。

「ロニィ様ァァァァァ！」

こいつ本当に怪我《けが》してるのか？

特に今日は最終戦だけあって熱が入っている。入りすぎている。

快活そうな奥さんも流石《さすが》に元気すぎるビクタンの心配をしている。

そんなこともあって、どちらかといえばツヴィスがアウェイの状況だ。

まぁしかし、戦闘に集中していてそれどころではないか。

だけど、きっと届いていることだろう。

「お兄ちゃんー！　がんばってー！」

可愛《かわい》らしいセネリアの声援は。

それはツヴィスの生気に満ちた笑顔が示している。

戦闘の終わりは――ツヴィスが地面に伏したタイミングだった。

どちらも限界に近い戦いだった。

最後の一手はロニィが使用したマジックアイテムだ。

《炎雷》を三つも同時に展開していた。

混乱していたツヴィスの横を突いて――

「まさかここまで使いこなせるようになるとは……さすがのセンスです、ロニィ様ァ！」

ビクタンが嬉《うれ》し涙《なみだ》をこぼしている。


そして投票が終わった。

セネリアの声はよく澄んでいて聞きやすかった。

しかし、声援はロニィの方が間違いなく多い。

それが意味することは。

『ロニィは「武」を示した！　よってここに、ロニィに成祭《せいさい》の勝者たる名声を与える！』

オイトマが現れ、ロニィの勝利を高らかに宣言した。

どちらが勝ってもおかしくない。

俺の発言は正しかった。

今のロニィはボロボロだし、肩で息をしている。

そんな状態であっても父からの表彰は嬉しいようだ。

賞金やトロフィー、他にもたくさんの賞品が贈られている。

その中には聖剣も含まれていた。

聖剣を授与する際、会場の歓声はひと際大きなものになった。

「これで無事に聖剣も奪還完了ね」

クエナが一息つきながら安堵《あんど》の声を漏らした。

「ああ、ようやくスフィに返せる」

「なんだかんだ長かったわね。あんたの疲れた顔、初めて見た」

にへら、とクエナが破顔する。

疲れた顔か。俺もクエナと同様に安堵したのだろう。

今でこそマシになったが、訪れた当初の獣人族で俺達《たち》は歓迎されているとは言えなかった。そんな常に緊張が漂う場所で聖剣を追い求めていたのだから当たり前だろう。

「まぁ、もう直行で帰ろう」

「そうね。シーラ今頃なにしてるかしら」

「リフに連れてかれてたよな。ちゃんと邪剣の問題を解決して帰ってきてるといいが

「……」

「でも帰ってたら獣人族領にまで押しかけてきそうじゃない？」

「……たしかに」

シーラの『来たよ～！』なんて言いながら手を振っている図がイメージできる。のほほんとした空気が流れる。

『さて、皆も気になっていることがあるはずだ！』

オイトマの、拡声のマジックアイテムでも使っているかのような巨大な声が聞こえてくるまでは。

『オーガを退け獣人を救い！』

ビクタン達がこちらを見る。

『二匹のオーガキングを瞬殺して！』

護《まも》り手やらがこちらを見る。

『勇者たる資格を女神から与えられた人族！』

……全獣人がこちらを見る。

最悪だ。

これ以上は何もしたくない。もめごとも起こしたくない。いいや、何なら目立ちたくない。そんな俺の願いとは裏腹にオイトマは饒舌《じょうぜつ》に話す。

『──ジード！　こちらへ来て、最高戦士たる私と戦ってもらおう！』

「……転移して逃げちゃダメかな」

「やめときなさい。聖剣を返してもらえないかもしれないわよ」

「他人事《ひとごと》だと思って……ロニィとは約束をしてるから返してもらえるだろ？」

「どうかしら。彼女もあなたの実力を見てみたそうよ」

フィールドではロニィが満面の笑みでこちらを見上げていた。なるほど。聖剣を返さないなんて意地悪をしてくるかもしれない、と。

そんな性格じゃないと思うなー……

まぁ、そんな考えには俺の願望も入っているだろう。

「それに私としても、あなたが舐《な》められっぱなしなのは看過していられないわ」

残念ながらクエナも俺の敵だった……

仕方なしに階段を下っていく。

期待、蔑視、不思議。

それらの視線を一気に背負う。

「よ！　がんばれよ」

負けたばかりだというのに、ツヴィスの顔は屈託のないものだった。負けたことに対する悔しさはあるが、憑《つ》き物《もの》が落ちているといった風だ。

俺が軽く返事をするとツヴィスは肩を軽く叩《たた》いてきて、それから観客席のほうに向かっていった。

「頑張るのだ、ジード！」

「ああ……」

「父さんはめちゃくちゃ強いのだ。降参は早めにするのがオススメなのだ！」

悪意はないのだろう。あくまでも彼女にとっては助言でしかない。その証拠にただただ清々《すがすが》しい顔でサムズアップをしてくる。

それからロニィはビクタン達に歓迎されてクエナの隣に座ったようだ。

「さて、今はどんな気分だ？」

「どんなって……あまり良くないよ」

「なぜ？　この私と戦えるのだぞ。最高戦士である私と」

Sランクであるロニィが言っていた『父さんはめちゃくちゃ強い』とは誇張のない事実だろう。

眼前にいるだけで威圧感が半端ない。

体格の差もあってか、太陽の光が遮られている。自然までもが彼の強さを演出している。そう周囲に責を擦《なす》り付けてしまうほどに、彼の前に『戦う者』として立つのが嫌になる。

だからこそ彼がどれほど獣人から頼られているのか理解できた。

「負ければクエナ……赤髪の人族が悔しそうにするんだよ。あいつは俺に勝ってほしいみたいだからな」

「はは、それは可哀想《かわいそう》なことをしたな。だが、惨敗と惜敗では大きな違いがあるだろう？」

「そうだな……」

「さて、始めよう」

オイトマが構える。

握り拳が巨大な岩に見えた。

重たい一撃が振るわれる。

◇

ジードとオイトマは、しばらく何かを話していたが、オイトマの攻撃で戦闘が始まったみたいだった。

私としては当然ジードに勝ってほしい。けれど、相手は『あの』オイトマだ。

彼の話は幾度となく聞いている。

ギルドがあの手この手でSランクに推薦しようとしていた男だ。

それだけじゃない。

人族のどの国も――ウェイラ帝国をはじめとした列強の国々さえ獣人族に手を出さない理由は彼にある。

オイトマがいるだけで、どんな大戦の戦況も覆されるのだ。

(……すごい)

ジードに猛威が振るわれる。

見ているだけの私でさえ追いきれない速さで拳の連打が繰り広げられていた。

動きは鞭《むち》のように素早い。でも、一撃一撃が巨大な魔法を使っているみたいだ。

(フィールドに張られた魔力障壁が反応している……)

たかが拳の衝撃波だけで強力な魔力障壁を揺るがすほどの威力があるということだ。

地面もオイトマが拳を振るう度に削れている。

究極の武術を極限まで学習した人型兵器。そう表現した方がいいのかもしれない。

「避けてばかりじゃ話にならないのだー！」

隣で観戦しているロニィがヤジを飛ばす。

ジードは防戦一方だ。

拳の軌道を逸《そ》らすために軽く触れることはあっても、極力触れないように避けている。

それだけオイトマの一撃が危険であるとわかっているのだ。

(……動いた)

ジードの手のひらから炎で形作られた薔薇《ばら》と茨《いばら》が生み出される。しかし、それらはオイトマに薙《な》ぎ払われて終わった。

それからジードは何度も魔法を繰り出すけれど、まるで歯が立たないようだった。

ただの拳で魔法をもかき消している。

(何よりこれは……本気じゃない。息が全く切れていない)

騎士団や軍隊が相手なら百人や千人規模の被害が出ているはずの猛攻だ。

人族がたった一人の獣人の動向を警戒している、なんて話を聞いたことがある。それがオイトマという人物。

こうして実戦を目にすれば、それが何ら誇張ではないと分かる。

「ジード様……」

ビクタンが彼の名前を口にする。

獣人のほとんどがオイトマを応援しているのだけど、私の周辺にいる獣人は違った。少しだけ居心地がいい。それはきっと私がジードに抱いている好意からくる仲間意識のようなものが理由なのかもしれない。

『はははははは！』

オイトマの声が高らかに響く。

それから攻防は一層熱を帯びていく。

ジードの放つ魔法や近接戦も手数を増している。

互いに互いの攻撃を見切り始めているのだ。

極められている。

高度な戦い。

（……ジードが消えた!?）

転移ではない。その予備動作はなかった。あるいは私が未熟なだけとも思った。

けど、次の瞬間にはオイトマの頭上で空気を──正確には魔力を固めてつくった足場を蹴っていた。

異様な瞬発力。

おそらく今までの速度はオイトマの目を緩慢な動きに慣れさせるためのブラフ。

こんなものを実戦で行う余裕など誰にもありはしない。

速度の振り幅が大きすぎる。

（それを可能にするのがジード……か）

この場で私ほど戦況を把握している者は少ないだろう。

けれど、ジードの戦いぶりは素人目にも怪物だ。

獣人の声援は次第に消えていった。

おそらく戦いを追うので精一杯なのだ。

それは隣にいるロニィやツヴィスも同じだ。

「すごい……のだ」

ここまでジードが戦えるとは思ってもいなかったのだろう。

すこしだけ誇らしい。

(でも、まだだ)

ジードの右足で蹴り上げられてもオイトマはまだまだ戦える様子だった。

しかし、衝撃は大きい。

隙ができる。

ジードが間髪を容れず打ち据える。拳、足、魔法。

でも。

オイトマは倒れない。

『ガァァァァァァアアアッ!』

つんざくような叫び声。

まるで初めてドラゴンに会って威嚇されたように身震いがする。

それでも相対しているのがジードであると安心感があった。まるで保護されているような安心感だ。

「……あ、まずいのだ」

ロニィが冷や汗を垂らしていた。

見れば魔力障壁が壊れている。

え、声だけで……？

激越した戦いは――さすがにヤバいと感じたのか獣人たちが逃げ出す。

それは護《まも》り手であっても同様だった。

「逃げるのだ！　ああなっては誰も止められないのだ！」

ビクタンやロニィ達《たち》も逃げ出していた。

このまま私が残れば、きっとジードは何かあったときに私を守ろうとしてくれるはずだ。

それは足手まといも同然。

見ていたたい気持ちを堪《こら》えてこの場を立ち去るのだった。

（うぅ……がんばって、ジード！）

思い返せば私も彼を戦いの場に送り出すように煽《あお》ってしまった。あとで何か埋め合わせをしよう。

そんな罪悪感と謝意を込めながら。

とんでもない衝撃音は半日経《た》っても国都に響いていた。

夜になって、月が出てもなお地鳴りと叫び声が聞こえてくる。

すでに会場は壊れており、街中が二人の戦いの舞台になっていた。

近寄ることすらダメとのことで私は遠巻きに見ていたけど、ジードがどこか遠慮がちな動きをしていることだけは分かった。

おそらく街を壊すことに躊躇《ためら》いがあるのだろう。

獣人は避難をしており、魔物も近寄っては来なかった。

「さーすがに被害がバカにならないのだー」

ロニィが壊れ行く街並みを見ながらぶつくさと呟《つぶや》いている。

いつの間にかツヴィスやトイポ、力のある獣人たちも傍《そば》にいた。

あるいは、遠巻きとはいえ、彼らの戦いを見ていることができる者は限られてくるのだろう。

この状況は必然ともいえる。

「修繕には一か月以上かかるな」

「父さんも加減をしてくれればいいのだ……」

「加減ができないくらい二人とも強いんだろ」

「当然なんだなぁー。なんならぁ、ジードさんはオイトマさんより強いんじゃないかなぁ」

トイポの言葉に獣人たちは反感を覚えているようだった。

しかし、否定するような意見は出てこない。

ここまで来ればどうなるかなんて誰にも予想ができないからだろう。

決着がついたのは二日目だった。

軽くうたた寝をしてしまっていた私が違和感に気づいたのだ。

音がしない。静かだ。

それが普通なのだけれど、今日に限ってはジードとオイトマが戦いを終えた証《あかし》なのだ。

「んぁ。終わったのだ？」

私が起きた気配でロニィも目を覚ます。

ほかの獣人も起き始めていた。

（みんな寝ていたのね……）

休まる時間なんてなかったから、きっと一人が寝てしまえば集団心理が働いてみんなの気が緩んだというところだろう。

ふと――カツリ、カツリと足音が聞こえる。

それは荒《すさ》んだ街並みからだった。

一人しか聞こえない。

つまり、これは勝者の足音だ。

誰もが理解しているために、目線はそちらに釘付《くぎづ》けだった。

そして。

足音は私の予想通りの人物だった。

「ジード！」

振り返ってみれば恥ずかしいくらいに声を張り上げていたかもしれない。

しかし、それくらい彼が勝利した事実は嬉《うれ》しかった。

「ありえないのだ……父さんが……」

獣人たちは言葉が出ない様子だった。まるで身体《からだ》が金縛りで動かなくなったかのように、佇《たたず》みながら息をのんでいた。

◇

ようやく怪物が眠ってくれた。

最後の一撃は拳を腹部にあてたものだ。

すでに何百と肉体にめり込むほどに放っていたのだが……尋常じゃないタフさだった。

オイトマと俺のために治癒士を呼ぼうと歩いていたが、崩壊した街には人っ子一人いなかった。

魔力も枯渇気味なので探知魔法は使えない。

そんな時。

「ジード！」

俺を呼ぶ声がした。

クエナだ。珍しく大きな声を出している。

俺が足を引きずっているところを見てか、すかさず肩を貸して支えてくれた。

「おーぅ。さすがに疲れたよ……」

「ギルドの仮眠室に行きましょう。さすがにこのまま帰ることはできないわね」

「そうだな。――なあ、オイトマに治癒士を呼んでやってくれ。なんか青い屋根の家の近くで倒れてる」

ロニィ達に声をかける。

なんとなく特徴的だった、勝負が決着した場所を伝えた。

「……わ、わかった！」

護り手の一人が反応する。

しかし、そのほかの獣人は啞然《あぜん》としたまま動いていなかった。

「なんだ？　あいつら」

「そっとしておきましょう。処理には時間がかかるんだと思うわ」

クエナが微笑《ほほえ》む。

「そう、か？　わかった」

もはや連日の戦いのせいで頭が動いていないので、特に深く考えることはなかった。

◇

ジードといえば、俺みたいな普通に暮らしているような一般の獣人でも聞いたことのある人族だ。

鳴り物入りでSランクになった冒険者だ。

ギルドは獣人の中でも勢いを増している組織で、俺もたまに使っている。

市民から国の依頼まで手広く受けていて、仕事内容も多様だ。

なんで「冒険者」なのかは分からないが……多分最初の仕事の目的が冒険だったのかね？　今もあんな感じの仕事をしてるやつは多いって聞くから、不思議ではない。

そんな組織のトップクラスの存在にいきなりなったんだ。当然、みんな話題にあげた。

いろんな活躍を聞いて楽しんだもんだ。

でも、やつはそれだけじゃない。

ジードが勇者に選ばれたんだって聞いて、他の種族の話だってのに獣人の間でも大いに盛り上がった。噂話《うわさばなし》の類じゃない。そりゃもう祭りかってくらいに騒いだ。それくらい勇者はみんなが好きなものだからな。

　というのも昔、獣人も人族の勇者に救われたことがある。古くから世話になってるから、獣人族は人族と手を取り合ったんだ。

　もちろん獣人だけでなく、多くの伝説でどの種族でも語り草になっているもんだ。なれるものならなってみたい、誰だってそう言うはず。

　だが。

「ジードが勇者断ったらしいぞ！」

　なんて話を聞けば、みんな落胆するだろう。

　いいや、落胆だけじゃない。

「臆病者」

「本当は弱いんじゃないか？」

「自分勝手なんだ」

「人を救いたいって気持ちがないんだろう」

　みんなそう言っていた。かくいう俺も概《おおむ》ね同意していたさ。とくに意気地なしって意見が多かったね、獣人の中では。

　ニュースだってジードのことを叩《たた》いている。

　だからジードが獣人族領に来た時、みんな毛嫌いしていた。はやく出て行けって思った。

誰もが冷たい目線を向けている。

ツヴィス様がやつにちょっかいをかけた時は清々したくらいだ。

「さすがは獅子《しし》族の方だ！」

なんて誰かがツヴィス様を褒めていたっけ。

でも、ジードのことを擁護する声が出てきた。あれはオーガが何回目かの襲撃をしてきた時だ。

護り手がオーガを狩っている間、あいつらだけが獣人を守ってくれたんだ。

最初はなんで？って思った。

そんなことするやつなんて今まで一人もいなかったからだ。

いま思えば……理由なんてなかったのかもしれない。ジードが何かを助けるのに理由なんていらなかったんだ。

「ジードってやつが凄《すご》いらしいぞ！」

なんて話が聞こえてきたのは、オーガの侵略からしばらく経ってからだった。

どうやら護り手の人たちがジードを褒めていたそうだ。

話を聞く限りではオーガキングを瞬殺したとか……

みんな半信半疑だったのを覚えている。

けど信じて疑わないやつらもいた。オーガから守られたやつらだ。

みんな気になって仕方なかった。

だから成祭《せいさい》でオイトマ様がジードを指名した時は驚いたなぁ。

「おお！」

と、思わず声が漏れてしまったくらいだ。

きっと成祭《せいさい》の熱が残っていたのもあるのだろうけど、みんな期待して目を光らせていたもんだ。

問題は、誰も続きを見られなかったってことだけど。

オイトマ様とジードの戦いは何やってんのかサッパリ分からなかったので、見ていてもどうしようもなかったのだろう。

数日経って、

「ジードが勝った……」

護《まも》り手の一人が力が抜けたように俺達《たち》に告げた。

「やっぱりそうなっただろう！」

って声と。

「ありえない……」

って声。

他にもいろいろな反応があったけど、大体この二つに似ているものばかりだった。

ああ、やっぱり勇者に選ばれるようなやつは凄いのだと改めて実感した。

オイトマ様に勝てる生き物がいるなんて、今も想像ができなかった。

◇

目が覚める。ギルドの仮眠室だ。

オイトマとの戦いでの疲労や傷を癒すために眠っていたのをぼんやりと思い出す。まだ身体に気だるさがあるが、外から聞こえてくる大勢のざわめきで起こされた。

このまま眠り続けてもいいが、一度開いた目を閉じるのは惜しく感じてしまう。一息だけ吐いて地面に足をつく。

（なんだ？）

先ほどからの喧騒《けんそう》。扉や壁を挟んでいるため仔細《しさい》な内容までは伝わってこない。

扉を開け、中央ホールに向かう。だが、辿《たど》り着く前にギルド職員に見つけられて止められる。

「ジ、ジードさん。すこし部屋で待っていてもらっても構いませんか？」

「なにかあったのか？」

「そ、それが……――」

職員が続きを言う前に、雪崩のように獣人が俺の下に駆け込んでくる。

「おおお！　ジードさんだあ！」

敵意はない。

だが、やばい。

「握手！　握手してくださいー！」

「サインください！　ここに！」

「俺はあんたがやるってわかってたよ！　やっぱすげえなあ！」

あっという間に俺の周りが囲まれた。

（な、なんだ……？）

来たばかりの頃の冷ややかな対応とのギャップが激しくて戸惑ってしまう。

近くにはしたり顔のクエナが満足そうにうなずいていた。

彼女が助けてこないということは問題ないのだろうが、ギルドの外にも人が集まっていて何をしたらいいのか扱いに困る。

「はいはい、みなさん！　ギルドの中でやってもらっては他の方の迷惑になりますから外でやってください！」

「「はーい！」」

いや、外ならいいのか？　俺への配慮はなしか……？

職員に誘導されて俺と獣人たちは外に出た。

そんなこんなで解放されたのは数時間してからだった。人は減る気配もなく、むしろ増えていくばかりだったのだが、お腹《なか》が空《す》いたので流石《さすが》に解放してもらった。

「大変だったわね」

食事を囲んで、クエナが嬉《うれ》しそうに笑いかけてくる。

俺は肉団子を頬張ってクエナの方を見た。

「他人事《ひとごと》だと思って。下手な魔物討伐より疲れたんだぞ」

「でも嫌われているよりマシでしょ？」

「まぁ……そうだけど」

「私も誇らしいわ。あんたには誤解されたままでいて欲しくないからね」

「俺もクエナが誤解されなくなると思うと嬉しいよ」

「……！　う、うん……」

クエナが顔を赤らめて髪をいじる。

「それじゃ聖剣を受け取りに行くか」

空っぽになった食器を手に取る。

それを専用の回収するコーナーにまで持っていく。

刹那。

『ドォン！』という爆音が響き渡る。

「――」

「――！」

クエナと視線を合わせ、俺たちは音のほうに向かう。

「いい加減にしろ！　おまえ……おまえ達は負けたんだろ！」

「だまれ！　オイトマが眠っている今しか機会はない！」

ツヴィスが言い争っている。

相手は――ロゲスか。

周りには人が集まっている。ロゲスの下には複数の獅子族がいた。

ツヴィスは背にセネリアを隠している。

「負けたことは不問にしておいてやる！　だからセネリアを渡せ。そして今、このまたとない機会に私たちと共にオイトマを殺せ！」

「……バカな。そんなことをして何になる!?」

「オイトマを殺せば私が最高戦士だ！　獅子族が頂点に舞い戻るのだ！」

「そうしてまた他の種族に奪われたら卑怯《ひきょう》な手で殺すのか!?」

ロゲスの手には中途半端に開錠された手錠が付けられている。

どうやら獅子族の護り手の裏切りで拘束が解かれてしまったようだった。

オイトマが倒れている今がチャンスと見たようだな。

「分からないのなら……力ずくで従わせるまでだ！」

「待て」

群衆の中から割って入る。

「ジ、ジードさん……！」

さん？

ツヴィスにさん付けされた。

元からこんな風な様子だっただろうか。

少しだけ敬意を持たれた、ということかもしれない。

「邪魔をするな、人族！　これは獣人族内での問題だ！　私たちの中には護り手もいるんだぞ！」

ロゲスの言いたいことは分かる。

仮に手を出せば種族間の問題にまで発展させようというのだ。なにより彼らがこのままオイトマを倒せば、国都オーヘマスは彼らの手中に収まる。

「いつかは断ってしまって悪かったな。だが今度はお前たちの味方になれる。……依頼してくれ」

「――！　は、はい！　私と兄を……彼らから守ってください！」

セネリアが言う。

本当はもっと手続きがいるのだが……ここは略させてもらうとしよう。

「人族ぅ……！　いいのだな!?」

「護り手ならこちらにもいるだろう」

ツヴィスをちらりと見る。

彼はそのまま頷《うなず》く。何かあっても護り手でもある彼が証人になってくれるだろう。その言葉が万能ではないにしても大義はこちらにあると主張できる。とはいえ失敗したらリフに迷惑をかけてしまうのは間違いないな。

「――おまえこそいいのだ？　ロゲス？」

ロニィだ。

騒ぎを聞きつけて来たのだろう。

「ロニィ……元はといえば貴様らの一族がッ！」

ロゲスが迫る。

しかし、俺は彼の眼前に立ち塞がった。

「相手は俺だ」

「ぐ……！」

「わかっているのだ？　父を、オイトマを倒したのはジードなのだ」

「そんなことは聞いている！　だが、私はやらねばならない！　獅子《しし》族こそが至高の獣人なのだから！」

それに、とロゲスが続ける。

「オイトマとの戦いで疲弊しているはずだろう！　貴様も本音では戦いたくないいんじゃないのか！」

ロゲスは、なおも諦めない。

「その執念は立派だ。上昇志向も良いものだと思う。でも、それを押し付けられて傷ついているやつらもいる。おまえはやりすぎだ」

足を踏み込んで、拳をロゲスに放つ。

ロゲスが地面に叩《たた》きつけられると同時に衝撃が走り、小さな地震のような揺れが起こる。

「――すこし静かにしていろ」

これでしばらくは起き上がれないだろう。

「おお、一撃なのだ」

地面に倒れ伏したロゲスを、ロニィが暢気《のんき》に見る。

「さすがに父さんを倒した男は違うのだ」

このこの、とロニィが指でつついてくる。くすぐったい。

いや、なんか殺気が混ざっているぞ。

「いつか私がおまえを倒すのだ、ジード」

……なるほど。

どうやら父親を倒したことがロニィのやる気に火を付けてしまったようだ。

「いいや、俺が倒す。そうして名実ともに最高戦士になってやる！」

今度はツヴィスが乗ってくる。

二人の素質は非常に高い。

「楽しみにしてるよ」

それは俺の素直な気持ちだ。

「ねぇ、終わった？」

クエナが横から尋ねてくる。

失神したロゲスを引き顔で一瞥《いちべつ》していた。

ロゲスの取り巻き達《たち》を見る。

「終わりか？」

俺が問うと、彼らは顔を真っ青にしながら縦に振った。

「それなら聖剣を返してもらって帰りましょう。ロニィ、いいかしら？」

「うむ。問題ないのだ。私の家に来るのだ」

ロニィが先導をして、俺達ふたりは彼女の後ろに付いていく。

なんというか……

「こんな場所あったのか。城……か？」

ツヴィスの家も大きかったが、ロニィの「家」は一段と大きい。というか広い。あと色々と物が多い。

「言ったでしょ。人族でいうところの王族だって」

「なはは。驚いたのだ？　住み心地が良くてお金がいっぱい入っても出る気にならなくて居座っちゃうのだ。まぁ適当にくつろいでいくのだ」

ロニィに案内されて大きなリビングに辿《たど》り着く。ああ、いや、客室というのだったか？

俺が寝泊まりしていた宿の客室よりも大きいけど……

「来ていたのか」

オイトマだ。

所々に包帯が巻かれている。

「いたそうだな」

「ふふ、おまえが元気そうなのが不思議だよ。傷の治りには自信があるのだがね」

「傷も疲労も地獄と地獄で味わってきたからさ」

言うまでもなく禁忌《きんき》の森底《しんてい》と騎士団だ。

クエナも察しているのかクスリと笑っていた。

「人族の女性よ。すこし席を外してくれないか？」

「私？」

指名されたのが意外そうにクエナが自分を指さす。

しかし、何やら真剣な表情であったオイトマを見て肩を竦《すく》めた。クエナが部屋から出ていくとオイトマが姿勢を崩す。

ロニィは俺達を案内してからもてなしの準備でもしに行ったのだろう。

部屋は俺とオイトマの二人きりになった。

「ふっ、まさか私を倒すとはな」

「……おう」

「警戒するな。なにも取って食おうというわけじゃない」

無理を言ってくれる。

クエナを遠ざける理由を聞くまでは警戒しかない。受け入れられ始めたからといって、ここが異郷の地であることに違いはないのだから。

「ああ、使用人にはロニィもしばらく近づけないように言ってある」

それからオイトマが魔法を展開する。敵意はない。防音のためのものだ。

「さて、どこから話すかな。そうだ、あらかじめ言っておくが私はおまえが好きだ」

「えっ」

咄嗟《とっさ》にお尻を手で隠す。

しかし、オイトマはため息をつく。あきれられているような感じだ。

「私にもそっちの趣味はない。安心しろ」

「よ、よかった」

マジで安心した。

「好き、というのは気に入っているという意味だ。獣人は昔から強いやつが好きだからな。かつては敵対していた勇者でさえも」

「それは聞いてる」

「そうか。では、それを前提として話そう。おそらく、おまえは近々殺されるだろう」

「……は？」

殺される？

誰に？　どうして？

疑問が止《や》まない。

「不思議そうだな。それもそのはずだ。さて、どうしてだと思う？」

「恨み……とか？」

「たしかに。動機としては十分だ。しかし、違う。おまえは『強すぎる』が故に殺される」

淡々と会話をしているだけでオイトマに話を出し惜しんでいる雰囲気は一切ない。

俺に恩を着せるつもりはないようだ。

ただ純粋に何かを伝えようとしている。

「強すぎるって、そんなことで？」

「なら仮におまえが強いうえに世界の支配を企《たくら》む男だったとしたらどうだ？」

「いや、それは……危険だけど」

「そうだな。これは極端な例だ。しかし、絶対の法則でもある。世の中は誰がどう否定しても弱肉強食であることに変わりはない」

何気なしに食べている肉も、命を奪ったものだ。何気なしに依頼をしている魔物の討伐も人族の生存圏を拡大するためのものだ。人の営みは全て強さを前提にしている。

それは理解している。

「でも、だからってどうして殺されるんだよ？」

「危険だからだ。人族は個人の力こそないが数で勝る。獣人や魔族は数こそ少ないが個人が強い。そうして世界の均衡は保たれている。で、あるならば。もしも人族の個人が強くなれば？　獣人の数が増えれば？　勢力図が大きく塗り替わるのだ」

「なら魔族が俺を殺そうとするわけか？」

「いいや、今のは種族単位で見ればの話だ。しかし、実際はもっと細かい視点で見る必要がある。ひとつの国や組織、はては個人の視点でな」

「……？」

「おまえの存在が目障りだと感じている者も少なくないだろう、という話だよ」

冗談の類ではない。

オイトマは本気で語っているのだ。

俺が殺されるのだと考えていて、率直に俺に伝えている。

「じゃあ誰が俺を？」

「さぁな」

「は？」

大事なところで……

いや、知っていたら直接教えてくれていたのだろう。あくまでもこれは忠告というわけだ。

「そもそも、これは私の憶測でしかないんだ」

含みをもった笑いだ。

「でも、わざわざ俺に伝えたってことは何かしらの根拠があるんだろ？」

「そのとおり。人族でも強い個人の勇者と、強い個人の中でも群を抜いて強い魔王、その戦いにおける死亡率の高さが運命を物語っている。なにせ一〇〇%だ」

「そりゃ戦争のせいだろ？」

「ふむ、ではなぜ……人族はずっと争っている？」

「そりゃ魔族が侵略するからだろ？」

「何度も何度も。長い歴史の中で一度も途絶えることなく？」

オイトマの問いは俺も不思議に思ったことはある。

魔族がそれほど愚かだったのか。

いいや、違う。知性はたしかにあるのだ。本能に支配された魔物とは見た目が似ていることはあっても同一ではないのだから。

「つまりオイトマは何が言いたいんだ？」

「人族も魔族も獣人族も、誰かに争いを強制されているんじゃないのか。いいや、強制という言葉は違うな。そう、何者かに操られている、とか」

「どうやって？　いや、そもそも理由はなんだ？」

「例えば獣人には最高戦士になるためなら死をも厭《いと》わないような連中はいくらでもいる」

「名声、か。富もそうだな」

俺が言うと、オイトマが正解とばかりに頷《うなず》く。

「ああ。生物は欲が尽きないからな。自らの地位を強者に脅かされると危機感を持つ層はどの種族の上位階級にもいるだろう。そういった不安を煽《あお》り、心を操ることだってできるはずだ。今回、おまえが勇者に選ばれたのだって作為的なものを感じて仕方がない」

それからオイトマが俺に対して言う。

「勇者は女神の神託で選ばれると言うが、本当に神託が女神から降りたのか？　発表元が捻《ね》じ曲げているのではないか？　降りているとして女神の意思なのか？……さて、絞られてきたんじゃないか？　身近な存在で怪しいやつはいくらでもいるだろう、おまえクラスになれば」

この時だけオイトマは遠慮がちに言った。

一歩間違えれば俺の周辺の人間に対する侮辱になるからだろう。

しかし、彼は単純に俺を心配して言っているだけのようなので怒りはしない。

「怪しいやつって……」

「ギルドのマスターはどうだ？　あいつは元賢者だ。勇者の死に際を見ただろう。あるいは死ぬように仕組んだ可能性だってある」

「リ、リフが？　いいや、ありえない。あいつはいつも色んなことで協力してくれた。それにどん底にいた俺を初めて助けようとしてくれた人なんだ」

「それは妄信じゃないか？　ギルドは実に都合の良い組織だ。ランク制度は誰かに肩書を与えるだけで名声も富も集められる効率的な仕組みだ。そして組織の利益にならない冒険者は、ランクを剝奪すればお終《しま》い……だろ？」

「……」

「それにおまえの隣にいる赤髪の人族もそうだ。本当に信じるに足りるのか？　ギルドマスターの差し向けた間諜《かんちょう》ではないのか？」

そう考えると。

クエナの関係者はリフだけでない。ルイナにだって繫《つな》がる。

もしもクエナが敵だったら……

「オイトマ、もうやめよう」

精一杯の笑みを作る。

それが、どういう表情になっているか、俺自身にはわからない。

でも一つだけハッキリわかることがある。

クエナが敵はありえない。

「……そうか。ひとつだけ言おう。我らは関係ない。これを信じるも信じないもおまえの自由だが、なにか困ったことがあれば獣人族領に立ち寄るといい。みんな、おまえを気に入っているようだからな」

「ああ、ありがとう」

オイトマの話が本当であるかどうか、それすらも定かではないのだ。疑ってかかるような真似《まね》はしたくない。だけど、オイトマの話を嘘《うそ》だと言って切り捨てることはできない。可能性はある。

そんな考えが頭の片隅にこびりついてしまう自分が……少し嫌だった。


それから聖剣を受け取り、俺とクエナは帰路につく。

ギルドの仮眠室じゃない。

人族の領土に向かうのだ。

しかし。その前にツヴィスとセネリアが俺達《たち》のことを待っていたようだ。

「二人とも、どうしたんだ？」

もしかするとロゲスの一行が再び手を出してきたのだろうか。彼らの浮かない表情がそんな危惧を呼び起こす。

「セネリアから聞いたよ。あんたに何度も依頼をしては取り消したって」

「うぅ、ジードさんが迷惑行為に困っているとは思ってなくて。私も似たようなことをしてしまっていたのは、決してわざとじゃなかったんです。ごめんなさい」

なるほど、その一件だったか。

ツヴィスが知って事情を察したのだろう。

それにしても、わざわざ謝りに来るとは律儀なやつらだ。

「大丈夫。俺は気にしてないから」

「それは……でも」

いくら俺が口で「気にしていない」と言っても、セネリアの後ろめたさは消えないようだ。

たしかにセネリアの依頼の仕方は迷惑になるかもしれない。しかし、俺としては結果的にどうであれ、本心から依頼をしてくれた人に思い悩んで欲しくはなかった。

だから、俺も本心で答えよう。

「俺、セネリアが依頼をしてくれたことが嬉《うれ》しかったんだ」

「うれしかった……？」

「ああ。正直なところ不安だったんだ。もう俺の依頼人なんていなくて全員イタズラをしているだけなんじゃないかと。だから、ちゃんと依頼をしたいって気持ちのやつがいてくれたことが嬉しかった」

自分で言っていて情けなくなる。けれど、セネリアには罪悪感を抱く理由がないことを伝えられたはずだ。

きっと幼さに似合った向日葵《ひまわり》のような笑顔をしてくれる……と思ったが、セネリアは顔に哀切を湛《たた》えた。

「ジードさんは凄《すご》くてカッコいいですから……そんな心配しなくていいんです」

どうやら同情をされてしまったようだ。

きっと心根が優しいのだろう。

「大丈夫よ。ジードのことは色んな人が認めてる。セネリアは笑ってこいつを見送ればいいの」

クエナがフォローしてくれる。

ああ、そのとおりだ。

俺は悲しい顔で別れたくはない。

できれば互いに笑って満足して帰りたいのだ。

そしてまた会う時に同じ顔になれるように。

「――！　はい！　今回は困難な依頼に応えてくれて、本当に、本当に、本当に――！　ありがとうございました！」

精一杯の感謝の表現とばかりに勢いよく頭を下げてくる。

それから顔を上げて笑顔を見せるのだった。

「もう出発できるわね」

クエナが馬車に荷物を積み上げながら言う。

「ああ、聖剣をスフィに返したいしな。せっかく獣人族の領土にいるんだから旅もしてみたいけどさ」

「それだけじゃないわよ。人族だとジードのことを嫌いって人達はまだ沢山いるだろうからさ」

「そうだったな……」

俺のことを嫌い、か。

勇者にならなかったから、というだけなのだろうか。

誰かが扇動している？

俺が民衆の意を汲《く》むように強制しているのか？

「どうかした？」

クエナが顔を覗《のぞ》き込んでくる。

少し、はっとなる。

こんな考えたくないことが、頭の片隅に追いやるつもりのことが、堂々と中央に居座っている。

「なんでもない。ただクエナのことが好きだなって」

「えっ……！」

あ、やば。

事情を説明しにくいから適当にごまかしたつもりだったのだが。

とんでもないことを告白してしまった。

「そ、そそそ、それは……あ、ありがと……」

「いや……あのさ」

クエナの手を握る。

なんか色々と積み重なりすぎて、心が爆発している。

「俺、クエナのこと本気で――」

「待って」

俺の言葉の続きを察したクエナが制止してくる。

「シ、シーラのこと……どう思ってるの？」

「…………………好き」

「……………そ、そう」

どこか複雑そうな顔だ。

「クゼーラ王国は……一夫一妻制よ」

「うっ……」

クエナの言葉が胸に突き刺さる。

いや、もうさ。

わかった。わかったよ。選べない。あきらめる。もうち○こ切る。それでいい。なんて一人で突っ走っていると、クエナが手を握り返してきた。

「ウェイラ帝国は一夫多妻制……よ。ジードのためなら……わ、私は……あの国に……戻れる」

絞り出したような声はめちゃくちゃ可愛《かわい》かった。

その日の馬車はすごく遅かった。

あとがき

寺王です。

住んでいたアパートを追い出されました。老朽化に伴い、新しく良い感じのアパートにするそうです。立地は悪く、小さな部屋で、近隣の大学生がバカ騒ぎをする場所だったのですが、私はそこが気に入っていました。とても悲しいです。

心機一転して、立地はそこそこ悪くなく、少し大きめで、自然もある……そんな感じの家を選びました。まだ住み慣れないし、いろんな手続きも終わってないですが、これまた気に入りそうです。

どうでも良いですが、最近、自転車の乗り方を忘れました。

以上、私事でした。

今回も関係者の皆様と読者の皆様に感謝を申し上げつつ、終わりにしたいと思います。

ありがとうございます。

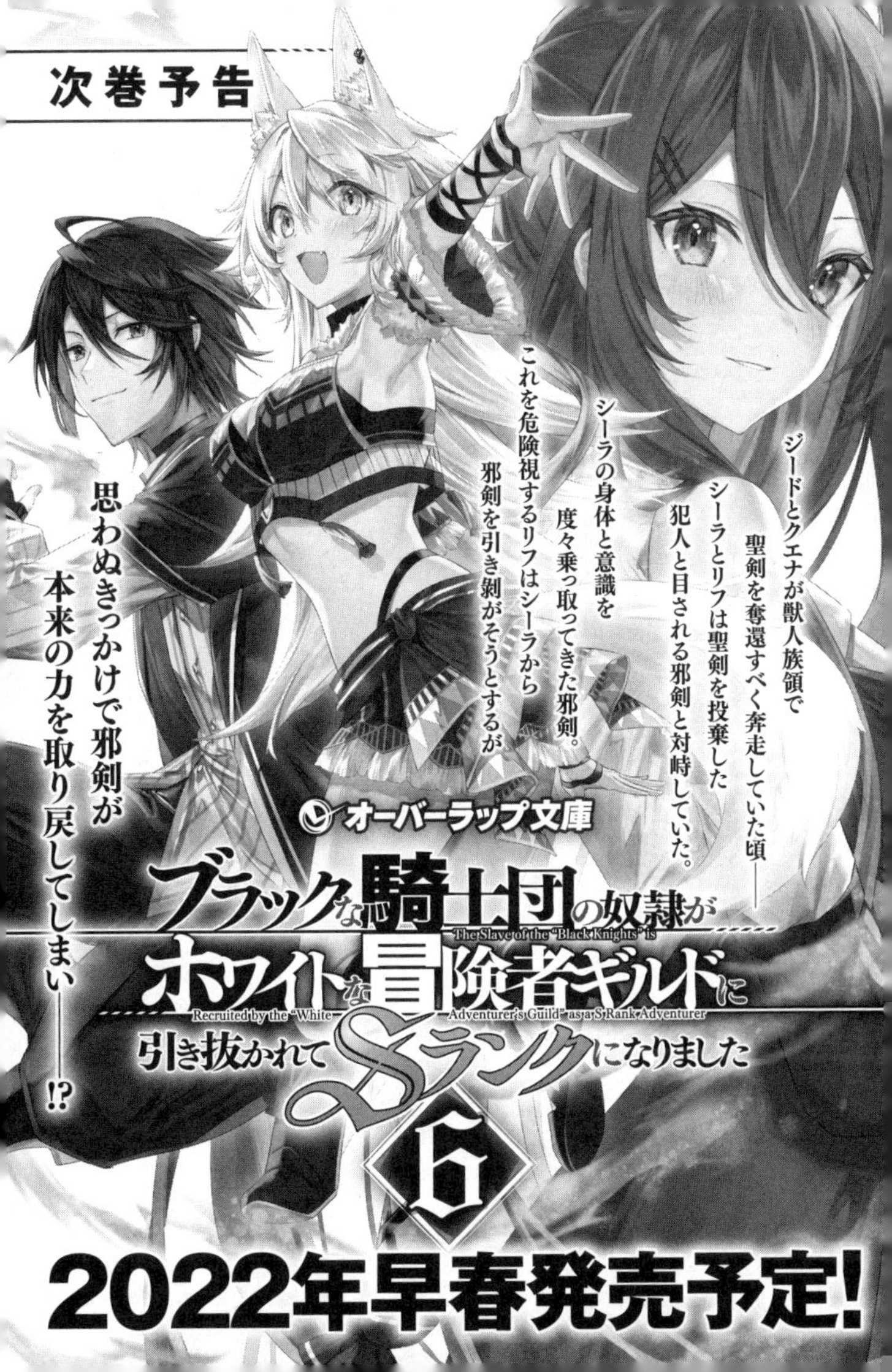
次巻予告
ジードとクエナが獣人族領で
聖剣を奪還すべく奔走していた頃——
シーラとリフは聖剣を投棄した
犯人と目される邪剣と対峙していた。
シーラの身体と意識を
度々乗っ取ってきた邪剣。
これを危険視するリフはシーラから
邪剣を引き剝がそうとするが
思わぬきっかけで邪剣が
本来の力を取り戻してしまい——
!?
オーバーラップ文庫
ブラックな騎士団の奴隷がホワイトな冒険者ギルドに引き抜かれてSランクになりました
The Slave of the "Black Knights" is Recruited by the "White Adventurer's Guild" as a S Rank Adventurer
6
2022年早春発売予定!

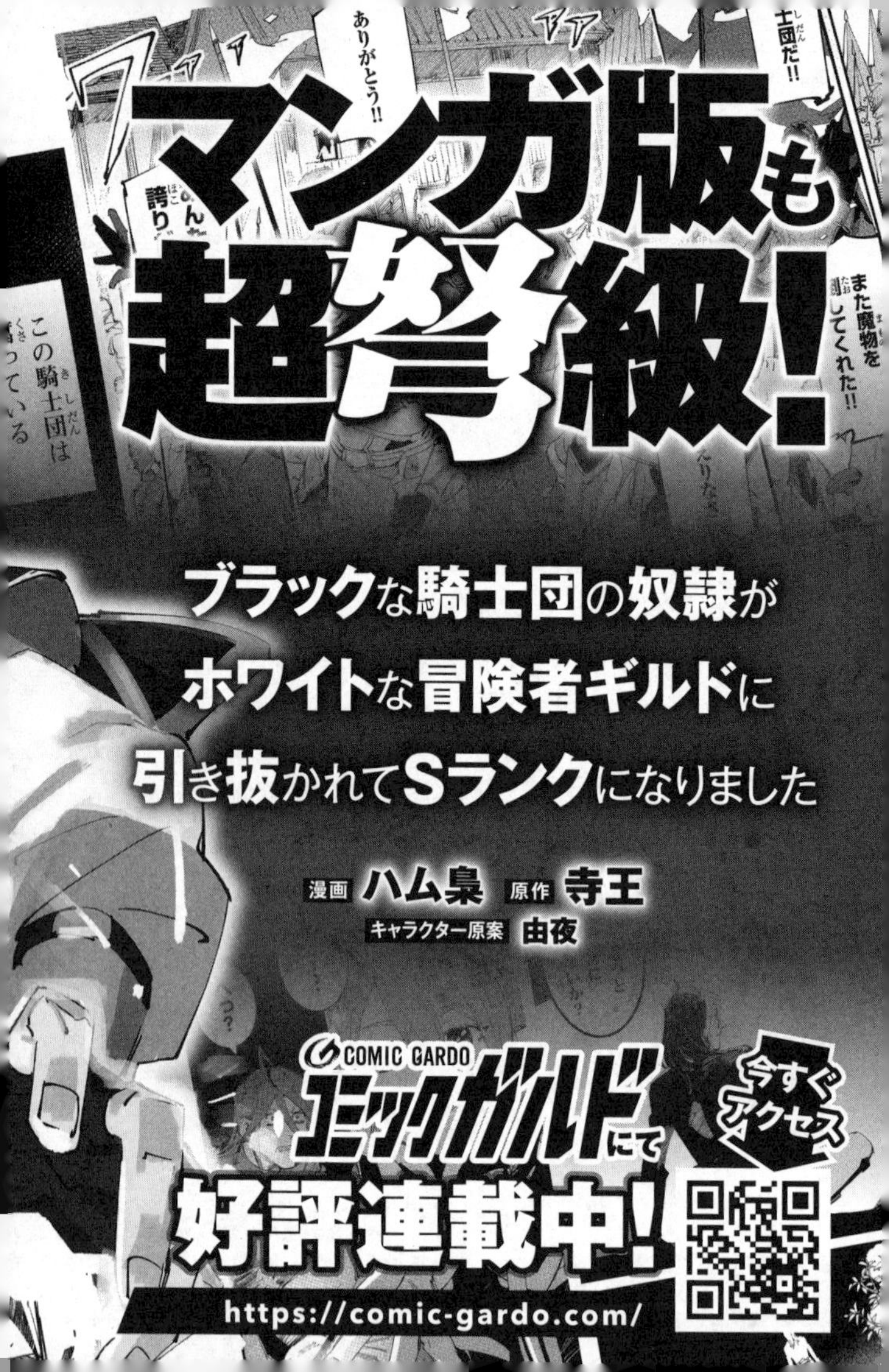

ありがとう!!
マンガ版も
超弩級!
ブラックな騎士団の奴隷が
ホワイトな冒険者ギルドに
引き抜かれてSランクになりました
漫画 ハム梟 原作 寺王
キャラクター原案 由夜
COMIC GARDO
コミックガルドにて
好評連載中!
今すぐアクセス
https://comic-gardo.com/

COMIC GARDO
ビギィィ
イイイイ
オォォォ。
壱式《いちしき》――
ジ……
シード……

作品のご感想、
ファンレターをお待ちしています

あて先
〒141-0031
東京都品川区西五反田8-1-5 五反田光和ビル4階
オーバーラップ文庫編集部
「寺王」先生係／「由夜」先生係

OVERLAP

ブラックな騎士団の奴隷がホワイトな冒険者ギルドに引き抜かれてSランクになりました 5

発　　行　2021年10月25日　初版第一刷発行

著　　者　寺王
発 行 者　永田勝治
発 行 所　株式会社オーバーラップ
〒141-0031　東京都品川区西五反田 8-1-5
校正・DTP　株式会社鷗来堂
印刷・製本　大日本印刷株式会社

Printed in Japan　ISBN 978-4-8240-0021-7 C0193

オーバーラップ文庫
重版
ヒット中！
俺は星間国家の
I am the Villainous Lord of the Interstellar Nation
悪徳領主！
好き勝手に生きてやる！
なのに、なんで領民《あいつら》たち感謝してんの!?
善良に生きても報われなかった前世の反省から、「悪徳領主」を目指す星間国家の伯爵家当主リアム。彼を転生させた「案内人」は再びリアムを絶望させることが目的なんだけど、なぜかリアムの目標や「案内人」の思惑とは別にリアムは民から「名君」だと評判に!?　星々の海を舞台にお届けする勘違い領地経営譚、開幕!!
著 三嶋与夢　イラスト 高峰ナダレ
シリーズ好評発売中!!

オーバーラップ文庫
COMIC GARDO
コミックガルド
にて
コミカライズ!
第6回オーバーラップ
WEB小説大賞
【大賞】受賞!!
黒鳶の聖者
～追放された回復術士は、有り余る魔力で闇魔法を極める～
［──今日が主役《おれ》の、始まりの日だ］
回復魔法のエキスパートである【聖者】のラセルは、幼馴染みと共にパーティーを組んでいた。しかし、メンバー全員が回復魔法を覚えてしまった結果、ラセルは追放されてしまう。失意の中で帰郷した先、ラセルが出会った謎の美女・シビラはラセルに興味を持ち──？
著 まさみティー イラスト イコモチ
シリーズ好評発売中!!

オーバーラップ文庫
ネトゲの嫁が人気アイドルだった
~クール系の彼女は現実でも嫁のつもりでいる~
My wife in the web game is a popular idol.
「私たちは恋人じゃないわ。――夫婦よ」
「えっ?!」
［同級生のアイドルはネトゲの嫁だった!? 悶絶必至の青春ラブコメ!］
ごく平凡な男子高校生の俺・綾小路和斗には嫁がいる――ただしネトゲの。今日もそんなネトゲの嫁とゲームをしていたら、『私、水樹凜香』ひょんなことから彼女が、憧れだった人気アイドルだと発覚し!?　クールでちょっと愛が重い『嫁』と過ごす青春ラブコメ!
著 あボーン　イラスト 館田ダン
シリーズ好評発売中!!

第9回 オーバーラップ文庫大賞
原稿募集中！
イラスト：KeG
紡げ、魔法のような物語！
【賞金】
大賞…300万円
（3巻刊行確約＋コミカライズ確約）
金賞……100万円
（3巻刊行確約）
銀賞………30万円
（2巻刊行確約）
佳作………10万円
【締め切り】
第1ターン 2021年6月末日
第2ターン 2021年12月末日
各ターンの締め切り後4ヶ月以内に佳作を発表。通期で佳作に選出された作品の中から、「大賞」、「金賞」、「銀賞」を選出します。
投稿はオンラインで！ 結果も評価シートもサイトをチェック！
https://over-lap.co.jp/bunko/award/
〈オーバーラップ文庫大賞オンライン〉
※最新情報および応募詳細については上記サイトをご覧ください。
※紙での応募受付は行っておりません。